「お主はわらわのものになる」
そう言うクオン様は
私はサキュバスじゃありません ③
illustration ——— 和錆
Nora Kohigashi 小東のら

「どーいうことですかあっ⁉」
リズは抗議の大声を皆様に向ける。

シルファ様は
今メイド服を着ている。
それが妙に似合っている。

「待っていたぞ、勇者たちよ……」

そこに座る者から、
強いプレッシャーが発せられている。
魔王――クオン――だ。
この城で一番力を持つ者が、
堂々と玉座に座っていた。

「そろそろ先に進ませろよ」
突然、リズを押し倒した。
彼女の軽い体が柔らかいベッドに沈み込む。
「こっちは結構我慢してんだよ」

Characters

キャラクター紹介

リーズリンデ

清楚《せいそ》で純真な美少女。
その正体はサキュバスだが、
今は力と記憶を失っている。

シルフォニア

勇者パーティーの
誇り高き姫騎士。
大国バッヘルガルンの王女。

メルヴィ

勇者パーティーの白魔導士。
ラッセルベル教会の聖女。

カイン

魔王と戦う勇者。
仲間が負った傷が癒えるまで、
一時的に学園に編入する。

クオン

学園の編入生。
古風な話し方をし、
挑戦的な性格。

レイチェル

巨大なハンマーで戦う
勇者パーティーの戦士。
自信家で気が強い少女。

私はサキュバスじゃありません　3

小東のら

ヒーロー文庫

Contents 目次

Illustration　和錆

私はサキュバスじゃありません
3

イラスト／和錆
装丁・本文デザイン／5GAS DESIGN STUDIO
校正／福島典子（東京出版サービスセンター）
DTP／松田修尚（主婦の友社）

この物語は、小説投稿サイト「小説家になろう」で発表された同名作品に、書籍化にあたって大幅に加筆修正を加えたフィクションです。

実在の人物・団体等とは関係ありません。

プロローグ

禍々《まがまが》しい魔力が大気中に満ち、大地の植物は枯れ果て、空の色は夜よりも黒々と淀んでいる。

くすんだ色の雷が天から降り注ぎ、怪物の雄叫《おたけ》びのような轟音《ごうおん》を撒《ま》き散らす。

ここは魔族が暮らす土地、魔族領。

草木一本生えない広大な大地の中に、高くて巨大な城が堂々とそびえ立っている。様々な装飾が壁面に施されており、優雅で荘厳、重苦しいほど豪然とした存在感を放っている。

城下町の喧騒《けんそう》に包まれながらも、重厚な雰囲気を発するその城は、まるで枯れた大地全体を支配する王様のようであった。

城の内部、最上階の最奥の部屋。

玉座の間。

そこに幾人もの城の重鎮たちが集まっていた。

玉座の間は広々としており、入口の扉から奥の玉座に向かって、毒々しい赤色のカーペットが敷かれている。天井も高く、豪華なシャンデリアがいくつも吊るされているのだが、それらの明かりが部屋を十分に照らすことはできず、この玉座の間は全体に薄暗かった。

窓から太陽の光は差し込んでこない。

禍々《まがまが》しい瘴気《しょうき》が空を覆い、天からの光を遮ってしまっている。

「…………」

「…………」

様々な姿形の怪物たちが真剣な表情で一か所に集まり、熱のこもった目で一心に何かを覗《のぞ》き込んでいる。

凝視しているのは、水晶の球体であった。

それを囲み、水晶に映し出された映像をじっと眺めている。

映っているのは人族領の中の、とある大きな学園であった。たくさんの学園生たちが笑いながら健やかに、日常を謳歌《おうか》している。

そこはバッヘルガルン王国が誇る歴史ある伝統校、フォルスト学園であった。学園のある平和なその街は、人々から学園街と呼ばれている。

玉座の間に集まった魔族の怪物たちは、水晶に映された学園街の様子を真剣に眺めているのだった。

そして、一体の怪物がおもむろに動きだす。

ゆっくりと落ち着いた所作で歩を進め、奥の玉座に近寄っていく。

そこで身を屈《かが》め、膝を突き、頭を垂れた。

その怪物が静かに口を開く。

「魔王様、勇者が滞在している学園街への空間接続魔法が完成いたしました」

「………………」

怪物は、玉座に座る者を魔王と呼んだ。

この大広間全体を支配するかのような存在感のある大きな椅子。

背が高く、壮麗な彫刻がびっしり刻まれた豪華な大椅子であり、国の象徴ともいうべき至宝であった。

その玉座に座る者。

魔王。

「………………」

魔王は目を瞑《つぶ》り、下臣からの報告に無言で頷《うなず》いた。

その場の魔族たちに緊張が走る。

準備は整った。

この城と学園街の空間が、繋《つな》がったのだ。

大規模な空間魔法の使用により、宿敵である勇者が滞在する学園街とこの城とが繋《つな》がった。

皆が息を呑《の》む。

大きな戦いが始まろうとしていた。

「…………」

何も知らない平和な学園街が水晶に映っている。そこにいる者たちはいつもと変わらない穏やかな日常を享受し、笑い合い、輝かしい未来に向けて勉学に励んでいる。

その街がまさか、魔族の住む土地と繋がってしまったなんて、想像することもできないだろう。

一方、この場にいる怪物たちは自らの血をたぎらせ、来たるべき戦いに向けて闘志をかき立てている。

人類の宿敵、魔族。

二十年前から戦争を続けている、人類全ての脅威であった。

強靭《きょうじん》な肉体に強大な魔力を宿す魔族。人類はその恐ろしい敵に襲われ、数々の戦いに敗北し続けてきた。

勇者が登場して以来、戦況を盛り返してきたが、未《いま》だ変わらぬ人類最大の脅威と言うべき存在だった。

今すぐに戦いが起こるわけではない。まだ必要な準備がいくつか残っている。

しかし、そう遠くない未来に起こるだろう大きな戦いを前に、怪物たちが武者震いをしていた。

「…………」

ふと魔王が静かに首を動かし、窓の外へと目を向ける。

くすんだ雷が激しい音を立てながら落ちる。禍々《まがまが》しい空の色と殺伐《さつばつ》とした大地が死の雰囲気を漂わせており、その光景は苛烈な戦いが起こる未来を示唆《しさ》しているかのようだった。

とある城の最奥の部屋。

その玉座にて、魔王は小さく笑っていた。

第29話　【現在】厳し過ぎる新人への洗礼

「それではこれより恒例の訓練を開始する！」

「はーい」

まだまだ太陽のまぶしい放課後の時間。学園の訓練所でのことだった。

広い施設の真ん中、勇者様のパーティーメンバーがこの場所に集まっている。シルファ様が意気揚々と号令をかけ、訓練の始まりを告げている。

今この時間は、勇者パーティーの皆様の自主訓練の時間であった。

皆様が粛々と準備運動を進めていく。

「…………」

当然のことながら、学園で行われる授業程度ではカイン様たちにとって訓練のくの字にもならない。学園生たちと勇者パーティーのメンバーの実力には大きな隔たりがあり、彼らは自分たちのみの訓練をこなさないと鍛錬にならなかった。

勇者様たちは世界最強に位置する武人の集団であり、誰に言われずとも過酷な特訓を常日頃から行っている。常人には理解できないほど厳しいトレーニングを自らに課しており、その厳格さが彼らを人族最強と至らしめる要因になっている。

だから学園の訓練以外にも自主訓練を行うのが、彼らにとっての日常であった。

「…………」

これから始まるのは世界最強のパーティーによる訓練である。さぞかし厳しい特訓なのだろうと、私は緊張に身を震わしていた。

「だりー」

「ほら、カイン。準備運動さぼってるとシルファに怒られるわよ。ふわあぁぁ……」

「おめーだってあくびしてんじゃねーか、レイチェル」

「…………」

違った。

当の皆様は、のらりくらりと準備体操を行っていた。

なんだか想像と違った。

どこか気の抜けた様子で、カイン様やレイチェル様なんてあくびまでしている。

号令をかけたシルファ様も真剣というより、訓練そのものを楽しみにしているような雰囲気であり、どこか緊張感に欠ける。号令に返事をしたメルヴィ様も和やかであり、なんだかとても気が抜ける。

皆様、かなりリラックスしている。

世界最強の集団の訓練とは思えないほど、のんびりしていた。

「…………」

まぁ、当然かもしれない。

当たり前だが、彼らにとってこの訓練は日常そのものなのである。

人族最強の称号をほしいままにするとは、まさに日常そのものが戦闘や訓練で埋め尽くされていたことにほかならないのだろう。

彼らにとって訓練とはもはや生活の一部であり、まるで歯でも磨くように、平然と人の何十倍もの厳しい特訓をこなすのだ。

「…………」

まぁそれはいい。

それはそれでいいし、納得できるのだが、ただ一つ問題がある。

伸び伸びとリラックスしているこのメンバーの中で一人、ものすごく緊張している人物がいるのだった。

「よ、よよよ、よろしくお願いします……」

私——リズである。

今日は私が勇者様たちと一緒に特訓を行う初めての日であった。

私が訓練に参加するのは、先日、私が謎の力を覚醒させて、魔王軍の幹部を撃退したことがきっかけとなっている。

　カイン様たちは、私の中に眠る力を目覚めさせるという指針を定めた。つまり、私の力を安定して発揮できるようにして、自分たちの戦力向上に繋《つな》げるのだ。

　そのため、私は皆様の訓練に加わることとなった。

　世界最強の勇者様たちが私を鍛え上げてくださることは、これ以上ないくらい大変ありがたいことである。

　とてもありがたい、ありがたいことなのだが……。

「あわ、あわわわわ……」

　世界中の憧れである勇者様たちの特訓に参加することになって、私はガッチガチに緊張していた。

「なんだリズ　緊張してんのか？」

　そんな中、カイン様に声を掛けられる。

「あ、あああ、足を引っ張らないように頑張ります……」

「いや、なんで緊張なんかしてんだよ。ただの訓練だぞ？」

「む、無茶をおっしゃらないでください……」

　最強の英雄たちと一緒にトレーニングするのだ。

　憧れと不安が緊張になって襲いかかってくる。

「わ、わわわ、私にとっては今日という一日は特別な日なんです」

「まるで新兵みたいだな」

「まるで、じゃなくて本当に新兵なんですっ！」

そう言うと、えー？　リズが新兵？　何の冗談だ？　これほど新兵が似合わない新兵がいたでしょうか？　みたいな感情が皆様の表情に表れてくる。

まるで以心伝心のように、皆様の考えていることを表情から察することができた。

なんでだ⁉　私は本当に今日が初日の新兵なのに、なんでベテランが「私、新人です」と言っているギャグのように受け取られるのか……⁉

私、本当に緊張しているのにっ……！

「さて、そろそろ訓練を始めようと思うのだが……」

シルファ様が話し始める。

「は、はいっ！　一生懸命頑張りますっ！」

「その前に試してみたいことがあるんだ。少しいいかな？」

「あれ？」

訓練が始まる前に少しやることがあるようだった。緊張しながら意気込む私であったが、空回りしてしまう。

試したいこと？　なんだろう？

シルファ様が自分のポケットからごそごそと何かを取り出した。

「リズ、これを持ってみてくれ」

「はい……」

シルファ様から何かを受け取る。

それは丸まった布地であった。片手に収まる程度のあまり大きくない布地であり、品質はあまり良くないのだろうか、生地が少しざらついている。

丸まった状態では何に使う布地なのか、すぐには判断できなかった。

なんだろう、これ？

広げてみる。

「――――」

それはパンツだった。

男性用の下着であった。

「なっ……!?　なんなんですか、これぇっ……!?」

私の体に衝撃が走った。

私はシルファ様にパンツを手渡されていたのだった。

「取りあえずこれを嗅いでみてくれ」

「か、嗅ぐぅっ……!?」

シルファ様が意味の分からないことをおっしゃり始めた。

「な、ななな、何を言っているんですかっ⁉　何を言っているんですか、シルファ様っ⁉」

なんでだっ⁉　なんで私はパンツを手渡されたんだっ⁉　しかもそれを嗅げって、どど、どういうこと……⁉

そもそもなんでシルファ様のポケットに男性用のパンツが入っているのか……⁉

「ん？　おい、それって俺のパンツか？」

「借りているぞ、カイン殿」

「これカイン様のパンツなんですかぁっ……⁉」

さらに緊張が増してくる。

今、私は憧れの人の前でその人のパンツを目の前で広げ、それをぎゅっと握っている。あまりに手に力を入れ過ぎて、パンツに皺《しわ》ができてしまっている。

「ち、ちち違うんです！　カイン様！　違うんですっ！　私、人のパンツを握って喜ぶような変態なんかじゃないんですっ！　違いますからぁっ……！」

「…………」

「いや、ほんとにっ！」

マジで私は悪くないのだ。

「どういうことですか⁉　シルファ様っ⁉」

「まぁ、少しは説明しろよ、シルファ」

「うむ。簡単なことだ。リズがカイン殿のパンツの匂いを嗅げば簡単に力が覚醒するんじゃないかと思ってな。拝借した」

「そんなことあり得ませんからっ……！」

パンツの匂いを嗅いで力が覚醒する⁉

そんなバカな話があるものか。本当に意味が分からない。

「うーん……そういうことなら、仕方ねえかぁ……」

「何を納得されているんですか、カイン様っ……⁉」

なぜか、カイン様は渋々といった様子でシルファ様の行動を容認していた。

自分のパンツを持ち出されて納得する理由ってなにっ⁉

「まーまー、リズよ。物は試しだ。ほら、カイン殿のパンツを嗅いでみるのだ」

「そうですよ、エロ師匠。これで力が戻ったら丸儲《まるもう》けなんですから、取りあえずパンツ嗅いでみたらどうですか？」

「嫌っ！　嫌です！　パンツの匂いを嗅ぐなんて変態みたいなことできませんっ！　あとエロ師匠なんて呼ばないでくださいっ……！」

そんな呼ばれ方今までずっとされたことないのに、なんでだっ⁉

「いーからさっさと嗅いでみなさいよ、リズ。別に減るもんじゃないわ」

「レイチェル様まで……！　嫌です！　絶対嫌です！　減ります！」

尊厳が減りますっ！

「ほら、いいからいいから、ちょっと嗅いでみてはどうだ？　慣れたもんだろう？」

「ほらエロ師匠。ちょっとだけ。ほんの少しだけですから」

「先っちょだけ。先っちょだけでいいから」

「いーやーでーすーっ！」

皆様の執拗《しつよう》なプレッシャーをはねのけ、私は拒否し続ける。

絶対に嗅がない。パンツなんて絶対に嗅いでなるものか。

私はエッチな子でも変態な子でもないのだっ……！

「うーむ、ダメかぁ」

「意外と意固地ですねぇ」

やっと皆様が諦めてくれる。

私はぜーぜーと息を切らしていた。皆様の謎の強要を振り切り、なんとか尊厳を守り切ることができた。

疲れた。

訓練を始めてもいないのに、もう疲れ果ててしまっていた。

「なるほど。そもそも気分が高まっていない時はエッチな行動をしないいんだな」

「やっぱり何かきっかけがないと覚醒はできなそうですね」

周りの人たちがなにかを納得していた。

なにを納得しているのかは、私には全然理解できない。

そもそも私はエッチな行動をするような人間ではないのだが……。

「ま、覚醒のための近道はなかったってことで。取りあえずここからは、訓練で地道にリズの力を高めていこう！」

「おーっ！」

「すみません、もう疲れてしまったんですが……」

皆様から謎の攻撃を受け、私の精神はもうへとへとであった。

そこからは普通に特訓が始まった。

この場所は特殊な訓練所であり、屋外ではあるものの結界が張られていて、外から訓練の内容を覗《のぞ》き見ることはできない。

スパイ対策がされているのである。世界の英雄様たちの訓練なのだから、公開できない秘術や奥義などの練習をたんまりするのだろうと、学園側が配慮して特別に用意した訓練所なのだった。

「別に今まで訓練を隠したことなんてねーのにな？」

「私たち、いつでもどこでも特訓してたからな。野原や山や海や、はたまた火山の中だったり、魔獣がひしめく洞窟の中だったり……」

「結界付きでの訓練なんて逆に新鮮な気分だね」

だが当の本人たちにしてみれば、特にどうということのない配慮であったらしい。

彼らは結構野性的だった。

「み、皆様……なんでそんなに談笑しながら……ひーひー、訓練、ひー……できるんですか……?」

その中で一人だけもう既にバテそうな人間がいた。

言うまでもなく私だ。

「どうした、リズ。だらしないぞ?」

「皆様が、ひー、おかしいんですよ……ひーひー」

もはや息も絶え絶え。今にも倒れそうになってしまっている。

ランニング、ダッシュ、筋トレなど、やっている事は普通のトレーニングなのだが、そこに普通じゃないプラス要素がある。

自分で自分に負荷をかける「重しの魔術」を使用しているのだ。

トレーニング用の魔術であるらしく、これを使用することで全身の筋肉と体内の魔力そのものに負担をかけることができるのである。

普通のランニングでも辛《つら》さが百倍くらいになってしまう。魔術で体に負荷をかけるので、普通に重しを抱えながらトレーニングするより、大きな負荷がかかるものであった。

常人だったら一歩も歩けないまま、その場で倒れて動けなくなってしまうだろう。

それでも彼らは、平然と訓練のメニューをこなしている。

しかも彼らがすごいのは、その魔術を自分でコントロールしながら自分にかけてトレーニングをしているところだ。

常に繊細に魔術をコントロールしながら、身体機能と魔法技術を、同時に鍛え上げているのだった。

私は皆様の半分以下の負荷でトレーニングをしているというのに、全然付いていけない。皆様はまだまだ余裕で、私はもう死にそうである。

「リズは今日が初日だからな。ゆっくりでいいぞ。ゆっくりでも付いてくることができたら上等だ」

「あ、ありがとうございます、シルファ様……」

シルファ様に優しい声を掛けていただく。

よし、頑張ろう。私にだってプライドがある。

気合を入れてシルファ様のトレーニングに付いていくのだ！

「よし！　次は腕立て伏せ１００回！」

「……っ！　は、はいっ！」

いきなり辛《つら》いのがきたが、泣き言ばっかり言っていられない。

シルファ様の横に並び、自分も腕立て伏せを開始する。

「55、56、57……」

汗がだらだらと垂れてくる。本当に苦しい、辛い。

腕立て伏せ100回は普段でも大変なのに、さらに今はトレーニング用の負荷がかかっているのだ。学園の普段の訓練とは比較にならないほどきつい。

「81、82、83……」

それでも頑張る。

簡単に諦めることなんてしないのだ！

「98、99、100……！　ぷはーっ！」

なんとかノルマをこなし、腕立て伏せの姿勢を解く。

汗はダラダラ。肩で大きく息をしているようなギリギリの状態だが、私はなんとかやり遂げることができたのだ。

達成感を胸に、誇らしい気分になった。

「ふむ！　気分が上がってきたな！　もう100回追加といこうっ！」

「あれぇっ!?」

そこでシルファ様が信じられないことを言いだす。

地獄のような追加メニューが、あっさりと決まってしまった。

彼女はまた腕立て伏せを始め、私も慌てて彼女に倣《なら》う。

腕が最悪に辛い。限界なんかとっくに超えていて、私のスピードはかなり遅くなっているというのに、シルファ様のスピードは全く落ちない。

私がなんとか30回をこなす頃、彼女はもう１００回を終えていた。

「ふむふむ！　楽しくなってきたな！　もう２００回追加といこうっ！」

「はぁっ……!?」

完全に私を置き去りにして、シルファ様が猛スピードで腕立て伏せを始める。

もう私の体はボロボロだ。

生まれたての小鹿よりもガクガクと、全身が震えてしまっている。

だけどシルファ様は苦しむような様子を一切見せず、追加の２００回を終了した。

「いいぞぉ！　いいぞぉ！　さらに３００回だぁっ！」

「シ、シシ、シルファ様……？」

シルファ様は笑っている。

笑いながら、腕立て伏せをしている。

私はそこに、狂気を見た。

「あー、そのその、リズさん……あのですね？」

「は、はい？」

その様子を見ていたメルヴィ様に声を掛けられる。

「シルファさんはですね、筋トレフェチなんですよ」

「き、筋トレフェチ？」

「自分を追い込めば追い込むほど気分が盛り上がってきてですね、さらに自分を追い込むサイクルが存在するという、特訓大好きっ娘《こ》なんです、シルファさんは」

「…………」

唖然《あぜん》としながら横を見る。

相変わらずシルファ様はものすごい速さで腕立て伏せを続けている。大きな負荷をかけているというのに、いや、負荷を全くかけていなくとも、こんな回数の腕立て伏せは普通できやしない。

もっとだ！　もっと！　熱くなってきたぞぉっ……！

そんな楽しそうな声が隣から聞こえてくる。

汗をびっしょりかきながら、しかし全く苦しそうな様子は見せず、頬は上気して赤くなっており、心から充実感を感じているような満面の笑みで、ただただひたすらに腕立て伏せをしている。

「…………」

その姿を横で呆然《ぼうぜん》と眺めていた。

「シルファ様は、その、変た……普通ではない方なのですか……？」

「そのその、そうですね。正直、なんでリズさん、よりにもよってシルファさんの特訓メニューに付き合おうとしてるんだろう？　やっぱりマゾなんだなぁ、って思ってました。すみません、言うのを忘れていて……」

「…………」

どうやら私は勇者パーティーの中でも非常識なことをしていたらしい。

なんでこんなことでマゾ疑惑をかけられなければならないのだ。やっぱりってなんだ、やっぱりって。

「ふんっ！　ふんっ！　ふんっ……！」

隣では相変わらずシルファ様がものすごい勢いで腕立て伏せをしている。

先ほど言っていた３００回も、もうとっくに終わっているだろう。それでも彼女は自らに追加のトレーニングを課し続ける。

赤い顔で、まさにこれこそが自分の求める極限なのだと言わんばかりに満ち足りた表情で、彼女は自分の体を虐《いじ》め抜く。

世界最強クラスの大英雄。

その鍛錬は常軌を逸している、いや、それ以上に、変態であるとしか言えなかった。

「…………」

私は理解する。

この人は、あれだ。人間ではないのだ。

人間の私がこの人の訓練に付いていけるはずがないのだ。

「ぐえぇ」

もう耐えられなくなり、私はカエルのように潰れるほかないのであった。


かくして私は腕立て伏せで全ての力を使い果たした。

皆様より一足も二足も早く休憩に入ってしまった。

情けなくて悲しくなる。

皆様は淡々とトレーニングをこなし続けている。最強の英雄たちなのだからトレーニングも派手なのかなと思っていたが、ひたすらストイックに基礎トレーニングが続く。

むしろこういうところが世界一のパーティーになれた要因なのかもしれない。

あれだけ腕立て伏せをやった後だというのに、シルファ様はぴんぴんして、さらに厳しいトレーニングを続けている。

満面の笑みで。

「はぁ～～～」

思わずため息が出る。

勇者様たちの訓練に加えていただいた初日だったから、とても気合を入れていたのだが、今や飲み物片手に休憩である。

……腕が上がらないから、飲み物を飲めないけど。

「ふー、休憩休憩」

「あ、皆様お疲れ様です」

ぼーっと見学していたら、カイン様たちも戻ってきた。マネージャーみたいに皆様の飲み物とかを用意できたら良かったのだが、腕が上がらないから何もできなかった。

ただひたすらに腕が痛い。

「どうだ？　初日の訓練は」

「いや、散々ですよ……」

「ははは！」

口を尖《とが》らせた私を見て、カイン様が心から楽しそうに笑う。

やはり彼は意地が悪い。

「ま、あれだけできりゃ上出来だろ。初日のミッターに比べたら全然マシ。こいつ軽めの負荷かけただけで地面に潰れて動かなくなって、さすがにあの時はどうしようかと思ったね」

「仲間が増えるたびに僕を引き合いに出すのは、やめてくれないかなぁっ⁉」

カイン様が私を慰めてくれるが、それによってミッター様が傷ついた。

どうやら彼らの鉄板ネタらしい。

「しかしな、リズ。お前にとって今日のこの訓練はかなり楽な方なんだよ」

「え？　楽、ですか？」

「あぁ、あんま気乗りはしねぇんだけどな……。俺たち勇者パーティーには、新人への洗礼っつーもんがあるんだよ……」

新人への洗礼？

字面だけで少し身震いする。

「ちょっと待ってろ」

カイン様は自分たちの荷物置き場に行って、がさごそと何かを取り出し始めた。

それを手に持って、こちらに戻ってくる。

「これ、トレーニング用のユニフォームだ。取りあえずこれに着替えてきてくれ」

「は、はい」

手渡されたのは紙袋だ。この中に着替えが入っているのだろう。

私は訓練所の建物の中に戻り、そこの更衣室で、渡されたユニフォームに着替えた。

「…………」

着替え終わって、カイン様たちのところに戻る。

怒りながら、大股で、顔を真っ赤にしながら戻ってゆく。

「どーいうことですかぁっ⁉」

抗議の大声を皆様に向ける。

「な、なななっ！　なーんでトレーニング用のユニフォームが、バ、ババ！　バニーガールのコスチュームなんですかぁっ⁉」

渡されたのは、バニーガールのコスプレ衣装であった。

黒い布地で、胸元が大きく開いている。ウサギ耳の付いたカチューシャは強い存在感を放っており、お尻にはウサギの白くて丸い尻尾が付いている。

足にはストッキングを着用しており、まさにバニーガール。当然と言えば当然だが、煽《せん》情的《じょうてき》な服装である。

なんでこんなコスチュームがトレーニング用のユニフォームなんだ⁉

明らかにおかしいだろっ！

私は騙《だま》されているのかっ⁉

「いや、なんつーか、その……すまんな……」

勇者パーティーの皆様が気まずそうに私から目を逸《そ》らす。

「もしかして私を騙したんですかぁっ!?　恥ずかしい格好をさせてからかってるんですかっ!?　こんなのが新人への洗礼なんですかっ!?」

「い、いや、違うんだ、リズ。悲しいことに、ちゃんと意味はあるんだよ」

「疲れて腕が上がらなかったから、事務の人に着替えを手伝ってもらったんですよ!?　そしたらこんな衣装が出てきて……恥ずかしくて死ぬかと思いましたよっ！」

「そ、それは災難だったわね……」

レイチェル様でさえも哀れんでくれる。

ほんと、穴があったら入りたいっ……！

「あのあの、リズさん。それは『バッドバニーコスチューム』っていうんです」

「バ、バッドバニーコスチューム……？」

よく分からない単語が飛び出してくる。

メルヴィ様が説明してくれる。

「そのバニーガールの服装にはですね、眩暈《めまい》や毒、能力低下、状態異常などなど、様々なバッドステータスを付与させる紋様付与魔法が刻まれているんです」

「えっ？」

様々なバッドステータス？

「それを着て特訓することで、たくさんの種類の状態異常に対する耐性を効率よく身に付けることができるという、結構優れもののトレーニングコスチュームなんです」

「かなりスパルタなんですねっ!?」

自然に限界まで追い込んでいくのがこの勇者パーティーのスタンスだということを、今日理解した。

「あ、確かになんか、だんだん気分が……」

「一通りの状態異常耐性を会得するまで、トレーニング中は着用が義務なんです」

「いや、こんな苦しい状態で訓練なんて、とてもとても……」

眩暈《めまい》がしてふらふらするし、体がだるくてしょうがなくなってくる。

普通ならベッドの中で安静にするべき、いや、一にも二にも病院に駆け込まなければならないような体調になってくる。

こんな中で訓練を……?

「頑張ってください」

「やっぱこのパーティー、スパルタだぁっ!」

泣きたくなってきた。

「ちなみにこのバッドステータスの強さは段階的に上げていくぞ。尻尾がスイッチになっていて、ここを捻《ひね》ると……」

「あんぎゃーっ!?」

シルファ様が私の後ろの丸い尻尾をくりりと回すと、感じる不快感が一気に上がる。毒が全身を駆け巡り、体が急激に痺《しび》れてくる。

「死ぬっ！　死にますっ……！」

「死にそうになったら回復魔法がかかるようにしてあるから安心してくれ。取りあえず、まずはレベル1からだな」

「ぜーぜーっ……」

シルファ様が私のスイッチを元に戻す。

彼女に弄《もてあそ》ばれて、私は地面に這《は》いつくばる。倒れるのは今日二度目だ。

なるほど、勇者パーティー、とんでもない。

「……一つ、質問いいですか？」

「なんだ？」

説明を受けていて、疑問に思ったことをぶつけてみる。

「これまでの説明を聞いても、この服がバニーガールである必然性が全然見えなかったのですが……？」

「それは……製作者の趣味だな……」

「なんなんですかっ⁉」

一番大事な部分が全く論理的でなかった。

「なっ、えっ……⁉　私がこんな恥ずかしい思いをしなきゃならないのは、見ず知らずの人の趣味ってだけの理由なんですかっ⁉　こんな露出度の高い……とんちんかんな服装で私は今後トレーニングをしなきゃならないんですかっ……⁉」

「悪かった、悪かったからリズ、落ち着け」

「落ち着いていられますかいっ！」

勇者パーティーは、世界中の人々の希望の星である。その人たちの訓練に加えていただけることになって、私はとても気合を入れていたのだ。

それが蓋を開けてみたらどうだ！

なぜ私は意味のない羞恥プレイのようなことをやらされなければならないのだっ！

「でもこれって完全に自業自得よね？」

「まさに因果応報だね」

「俺ら全く悪くないよな」

「小言で何言っているんですかー？　皆様ー？」

「いえなにもー？」

皆様が何かひそひそ話をしていたが、よく聞こえなかった。

「不平を言っているようだがな、リズ。お前は今かなりマシな状況にいるんだぞ？」

「な、なんなんですか……？」

カイン様が私に近づきながら、そう語りかけてくる。

マシ？　何よりマシ……？

「言ったろ、これは新人への洗礼だって」

「え、えぇっと……？」

新人への洗礼。

そして、当然のことながら誰にだって新人の時期はある。このパーティーに入ってきたばかりの当時は皆、新人だろう。

ということは、勇者パーティーのほとんどの方がこの服を着たわけで……。

「つまりよ、男のミッターとラーロも一時期この服を着せられていたんだよ」

「…………」

思わずお二人の方を見る。

お二人は当時のことを思い出したのか、みるみるうちに顔を青くする。特にラーロ先生は初老の男性である。バニーガールのコスチュームとは最も縁遠いはずで……。

「地獄じゃった……」

「…………」

ラーロ先生が一言そう呟《つぶや》く。

それを聞き、私は何も言えなくなる。

確かに、その当時に比べたら今の私の状況なんて天国のようなものだろう。

「あの光景は酷《ひど》かった」

「見ているだけで、こっちがバッドステータスにかかりそうだったぞ……」

「いや、ミッターは少し似合っていたわ」

「それはそれで悔しい」

皆様が重い声でぼそぼそと呟《つぶや》く。

なるほど、よく分かった。

この服装は正しい意味で、新人への重い重い洗礼なのだった。

——そんな時のことだった。

「……すまない、少しいいかな?」

「え?」

とち狂ったしきたりに恐怖していたところで、外部から入ってきた人に声を掛けられた。

「ここが勇者カイン一行の訓練所だと聞いてきたんだが……」

「は、はい、そうですが……?」

急にふらりと現れた人物に少し困惑する。

見知らぬ人であった。

ここは勇者様たちのために結界が張られた訓練所であるゆえ、基本的に外部の人が入ってよい場所ではない。この人をすぐに追い返した方がいいのか、判断に迷う。

「………」

とても体格の良い人であった。

身長は一メートル九十センチほど。筋肉質な体つきをしており、服越しでもよく鍛えられた肉体であることが見て取れる。

どうやら、皆様も急に現れたこの男性に対し、少しばかり警戒している。

あれ？　誰だっけ、こいつ？

どこかで見たことがあるような……？

みたいな感情が、皆様の顔に表れていた。

「失礼ですが、あなたは……？」

「あぁ、はい。自己紹介が遅れました。俺は……」

そこまで言って、その大柄の人が何かに気付く。

「……ってカイン、普通にいるじゃないか」

「気付くの遅《おせ》ぇよ」

「人の陰になって見えなかったんだ」

大柄の男性が、親しげな様子でカイン様に近付く。

お仲間の皆様とは違い、カイン様はこの男性のことをよく見知っているようで、緊張感もなく軽く手を上げて挨拶を返している。

「あー、リズに……いや、改めて皆に紹介する。こいつの名前はヴォルフ。ほら、皆もこいつに会ったことあるぞ。二年近く前に戦ったダークブリンガーだ」

「あぁ、ダークブリンガー」

「あの魔王軍の方ですか」

カイン様の紹介で、皆様が納得したように頷《うなず》く。

魔王軍の方……？

「ヴォルフです。以前は敵として皆さんと戦ったことがありましたが、これからは仲良くしていただけると嬉《うれ》しい限りです。どうぞよろしくお願いいたします」

ヴォルフさんという方が、固い口調で挨拶をする。低い声の人だ。

皆様が小さくまばらな拍手をする。

「え、えぇと……？　ダ、ダークブリンガー……さん？」

皆様は事情を呑《の》み込めたようだが、私は何が何だかよく分からない。

説明を求めるように、カイン様とヴォルフさんに視線を向ける。

「リズに説明するとだな、こいつは二年前まで魔王軍の大隊長として活動していて、俺たちに敵対していた相手だったんだ。その時はダークブリンガーって名乗っていやがった」

「ま、魔王軍大隊長……!?」

大隊長だなんて、魔王軍の中でもよっぽど偉い人に違いない。

そんな人が、なぜ今ここに？

すわ、襲撃か……!?

「いや、落ち着け落ち着け、リズ。こいつ今はもう魔王軍辞めてるから」

「は、はぁ……」

皆様の反応から、この人が今は敵でないことは分かるのだが、じゃあなんでそんな人がここにいるのだろう？

私は首を傾《かし》げる。

「説明するとだな、ついこの前、魔王軍幹部のアンディがこの学園に乗り込んできただろう？　しかもご丁寧に陽動まで用意して、俺たちを街から引き離してから攻撃を仕掛けてきた」

「はい、私は大変な目に遭いました」

「そうだな。だが俺たちは請われれば今後も外に遠征に行かないといけない。冒険者ギルドの特別ダンジョンに潜って、この街を留守にすることもあるだろう。そういう時のために、今後は少なくとも一人、実力者をこの街に置いておくことにした。で、助っ人としてこいつを呼んだんだ。まだメルヴィとラーロも本調子じゃないしな」

カイン様がヴォルフさんの背中をバンバンと叩《たた》き、ヴォルフさんが眉を顰《ひそ》める。

なんだろう？　敵対関係であったにしては、お二人はなんだか気安い関係のように見えるのだが？

「取りあえず事情は分かりました。この前の魔王軍幹部襲来の反省を活かすということですね」

「あぁ。こいつは魔王軍大隊長だったが、俺が育った村の昔馴染《むかしなじ》みでもある。まー、俺の顔を立てて変なことはしないだろ」

「えっ？　カイン様の村の昔馴染み⁉　幼馴染みってことですか……⁉」

思わず驚く。

今までの情報の中で一番そこに興味を引かれた。

「幼馴染みといっても、こいつは家の事情でずっとダンジョンにこもってたから、世間で言う幼馴染みほど深い思い出があるわけじゃないんですけどね」

「でも俺らの村は、ほんとにめちゃくちゃ田舎で全然人いなかったから、子供の頃遊んだ記憶あるのはお前とあともう一人、あいつしかいねーよ」

そう言いながらカイン様は葉巻を咥《くわ》え、それに火を付ける。

紫煙が立ち上った。

「で、でも、カイン様の子供の頃のエピソードとか知ってるんですよね……？　ちょっと教えてもらったりしてもいいですか？」

「あ、それは私も興味があるぞ」

「そのその、わ、わたしも……」

私と、カイン様の婚約者二人が興味を示す。

「そうですね……、こいつは今では考えられないほど弱虫で泣き虫だったとか？」

「え!?　そうなんですか……!?」

「おい、てめぇ、バカ、やめろ。余計なこと喋《しゃべ》ってんじゃねぇよ」

ヴォルフさんの告げ口に、カイン様が珍しく慌てていた。

「お前がその気なら俺も言ってやるぞ？　お前が昔落ちた肥溜《こえだ》め、ヴォルフ肥溜めって呼び方が俺らより下のガキどもにも伝わって、今でもヴォルフ肥溜めって呼ばれてるとか」

「ぐっ……。それを言うならお前だって昔、オオカミが出たー、オオカミが出たーって泣きながら山から逃げ帰ってきて騒ぎになって、結局お前が山羊《やぎ》のことをオオカミと見間違えたことが分かって、今でもあの村じゃ山羊のことをオオカミって呼んで、お前ずっと笑われてるんだからな」

「やめろやめろ、おいやめろ」

お二人が勝手に自滅していく。

「……やめよう。お互い傷にしかならねえ」

「そ、そうだな……」

「えぇー……」

残念ながら話はそこで終わってしまった。楽しい話だったのに……。

ふと、ヴォルフさんと目が合う。

そういえば私の自己紹介がまだだった。

「えぇっと、ヴォルフ様。初めまして。私、ラフォート侯爵家の娘、リーズリンデと申します。今は勇者パーティーの見習いみたいな形で一緒に訓練に参加させていただいております。どうぞよろしくお願いします」

「ご丁寧にどうも。ヴォルフです。よろしくお願いいたします」

ヴォルフ様と握手を交わす。

手はごつごつとして、硬い。やはりかなり鍛えているのだろう。

軍人気質の方だろうか？　はきはきとしつつもどこか堅く、重い雰囲気を醸し出している。丁寧な物腰で、とてもきっちりしている印象だ。

魔王軍とはいえ、部隊の大隊長を務めていた人なのだから、厳格な気質なのかもしれない。

ただカイン様とお話しする時だけは口調が崩れ、タメ口になっている。

気を許しているのだろう。

「しかし、初めましてではないですね」

「え……？」

握手しながらヴォルフ様が小声で呟《つぶや》いた。彼は小さく笑っている。

「おい、ヴォルフ。余計なこと口走んな」

「ははは、なんでもない、なんでもありません」

「……？」

初めましてではない？　彼とどこかで会ったことがあったっけ？

……いや、ダメだ。ほんの少しのきっかけも思い出せそうにない。

「ところで……俺からも質問一ついいですか？」

「はい？」

手を離しながらヴォルフ様が私の目を見て尋ねてくる。

なんだろう？

「なぜあなたは、バニーガールの服装なのですか……？」

「げっ」

そういえばそうだった。

私はまだちょっとエッチなバニーガールの服装のままであった。

「………」

初対面の方との挨拶がバニーガール……。

一気に恥ずかしさが込み上げてきて、急激に顔が熱くなってくる。露《あら》わになっている肩や胸元までもが、赤く火照《ほて》っていく。

「い、いやっ！　これはそのっ……！　違うんです！　私はカイン様たちにはめられたんですっ！　これは本当に私のせいではなくて……！」

「あ」

「そういえば、新人への洗礼……」

「ん？」

私は必死に言い訳をしていたのだが、それとは何か違うことにカイン様たちが気付いたようで、皆様の視線が一斉にヴォルフ様に集中する。

じっと、皆様が虚無を湛《たた》えた色のない目で、彼を見つめる。

「な、なんなんだ……？」

ヴォルフ様の額から一筋の汗が垂れた。

「それでは今から訓練を再開するっ！」

休憩を終え、シルファ様が元気いっぱいに号令をかける。

いろいろあった休憩時間であったが、新たにヴォルフ様を仲間に加え、一緒に訓練を頑張ろうということになった。

「………………」

そう、ヴォルフ様が新たにチームに加わった。

言わば、新人である。

「………………」

私のすぐ横に、ムキムキの体でバニーガールの衣装を身に纏《まと》う男性の姿がある。

「………………」

死ぬほど似合わない。

バニーガールの可愛らしさが微塵《みじん》も活かされていない。露わになるのはたわわな胸元ではなく、立派な大胸筋《だいきょうきん》である。大きな可愛いウサギ耳も、不気味さしか表現していない。

大きく開いた筋骨隆々な背中からは、猛々しさと物悲しい哀愁が漂っている。

ヴォルフ様のバニーガールの姿は地獄絵図のようであった。

「解《げ》せん……」

新人への洗礼を受け、彼はただ一言そう呟《つぶや》くのであった。

第30話　【過去】鬼教官のハードな特訓

「いいかぁ!?　教官の命令には絶対服従だぁっ！　お前らのようなちんけな半人前が異論を挟むことは許されん！　分かったらサーと言え！」

「サー！　イエッサー！」

「声が小さいっ！」

「サーッ!!　イエッサーッ!!」

とある山の麓《ふもと》で、奇妙な声が響いている。

それは何の変哲もない、いつもの昼下がりのことだった。

カインは宿を出て、鍛錬のために皆が集まる場所に向かっていた。

いつもと変わらない普通の訓練の日。

だるそうにあくびをしながらゆっくり歩き、カインは集合場所に辿《たど》り着いた。

だが、そこにはいつもと様子の違うリズたちの姿があった。

リズ以外の皆が一列に整列し、背筋を伸ばして微動だにしない。

服装もいつもの服ではなく、まるでどこかの軍服のような、簡素で統一されたものとなっている。

皆の前に立っているのはリズである。

偉そうに胸を張り、普段とは異なる厳しい顔つきで、まるで将校が着るような上等そうな軍服を身に纏《まと》っている。

さながら軍の高官と兵士のように並んでいた。

「お前らの脳はウジ虫だ！　いいか⁉　何かを考える前にサーと言え！　分かったか、このゴミ虫どもっ！」

「サー！　イエッサー！」

そして何か変な言葉を叫んでいる。

「何やってるんだ、あいつら……」

カインは眉を顰《ひそ》めながら、わけも分からずその光景を眺めていた。

「あ、カイン様」

リズがカインに気付き、皆の視線がカインに集まる。

しまったなぁ、変に関わり合いになる前にとんずらこいとけばよかったかな、などと考えながら、カインは皆に近づいた。

「あー……、お前ら何やってんの？」

「はい！『ヒィヒィ！　鬼畜コマンダーの過酷調教強化プログラム！　逆転もあるよ♡』

を開催中です！」

「なんだそりゃ」

またわけの分らんことをやっているんだろうなぁ、と思ってカインが聞いたら、本当にわけの分らん返事が返ってきた。

「今日は特別強化訓練日としました。私、リズが鬼教官に扮していつも以上に厳しく、激しい特訓を行う日なのです」

「つまり、遊んでんだな」

「でもあれですよ？　これはある意味ミッター様の要望なんですよ？　まだまだ自分は未熟だから、より厳しい特訓メニューを組んでほしいと言われ、今日の特訓大会が開かれることとなったんです」

「ふーん」

貴族騎士のミッターは家や国の事情により、カインたちより実力が劣る状態でパーティーに加わることになってしまった人物である。

最近では日々の努力が実を結びつつあり、実力がどんどん上がってきていたのだが、それでもまだ皆には及ばないとして、もう一段階上の訓練を積みたいと考えていた。

「いや、僕は普通の訓練のつもりで相談したんだけど……」

「口答えするなっ！　お前をミンチにしてやろうかぁっ!?」

「申し訳ございませんっ……！」

鬼教官による恐怖支配は早くも浸透していた。

「このプログラムには、カイン様もちゃんと誘ったんですよ？　でもカイン様、『ヒィヒィ！　鬼畜コマンダー』と言った時点ですぐに『やんねぇ』って答えられて……」

「あぁ、脊髄《せきずい》反射で返答してたわ」

カインは話の全容を聞く前に断りを入れていた。どうせしょうもないことだろうという予感が働き、一瞬で辞退を申し入れたのだ。

今までの経験が為せる業だった。

「まぁ、カイン様はベッドの上で鬼畜コマンダーになってくだされば、私は満足なんですけどね♡」

「うっせえ」

言いたいことだけ言って、リズは皆の方を振り返る。

「犬一匹にも勝てないひょろひょろもやしの童貞ども！　ガキ臭いへろへろの腰振りで今まで何人の女に愛想をつかされてきたぁっ⁉　だが安心しろぉ！　私がお前たちをどんな女も魅了するような屈強な軍人に仕立て上げてやる！　感謝しろ！」

「サー！　イエッサー！」

「言葉遣いが汚《きたね》ぇ」

「いやいや、カイン様。鬼教官といったらこういうものでしょう?　むしろ、少し抑えめなくらいでありますよ」

「小説の読み過ぎじゃね?」

リズは今日一日この口調で通すつもりだった。

「お前、名前はっ!?」

「はっ!　私の名前はミッター!　貴族の家の人間です!」

リズがミッターの前に立ち、彼の顔に異様なほど自分の顔を近づけながら叫ぶ。

「なんだぁ、そのふざけた格好はぁっ!?　貴様、私をおちょくっているのかぁっ!?」

「え、えぇぇっ……!?」

ミッターはバッドバニーコスチュームを着用していた。

ウサギの耳や、ウサギの丸い尻尾も付いている。

男性が着るにはとてもおかしい服装であったが、ミッターは女顔であったため、少し似合っていた。

「こ、これは教官たちが着ろと言った服装で……!」

「言い訳するなぁ!　戦場と女の前で言い訳は通用しないぞっ!」

「ひどいっ……!」

状態異常への耐性を獲得するまで、バッドバニーコスチュームは訓練中の着用が義務づけられている。

この勇者パーティーに後から入ってきたレイチェルやラーロは、もうこの服装から卒業したのだが、彼は残念ながらまだであった。

「じゃ、じゃあ脱いでもいいですか……？」

「ダメに決まってるだろ！」

「理不尽っ！」

「イカれた格好の罰として全員ランニング十キロ追加だ！　返事はサーだ！」

「サー！　イエッサー！」

「お前らの恋人はその手に持つ武器だけだ！　訓練中、実際の女に触れる機会があると思うな！　お前たちは自分の武器だけを信頼し、武器だけを愛し、その武器で敵を打ち倒すのだ！　ベッドに入ったら武器のことだけを思ってマスをかけ！　分かったか！」

「サー！　イエッサー！」

「よろしい！　訓練開始ー！」

「うおおおおおおぉぉぉぉぉぉぉっ……！」

訓練兵たちがダッシュを始める。

皆、もう既に少し常軌を逸したテンションになっていた。

「……俺は普通に訓練しよ」

少し離れたところで、カインはいつも通り自分の訓練を始めることにした。

訓練が続く。

リズ扮する鬼教官が鞭《むち》を手に、訓練兵たちをしごいていく。

「お前らは犬だ！　犬以下だ！　ワンワン喘《あえ》ぐまでたっぷり調教してやるからなぁ！　覚悟しろぉ！」

「サー！　イエッサー！」

相変わらず汚い言葉遣いで、訓練兵たちに厳しいメニューを課していく。

しかし、訓練の内容自体は秀逸だった。

「シルファ！　お前は状況の変化に対して慌ててしまい、行動が雑になるきらいがある！　常に冷静に、常に思考を働かせながら戦うのだ！　分かっているか!?」

「サー！　イエッサー！」

「そんなお前に特別メニューを用意した！　特訓中に様々な変化がお前を襲う！　よく考え、即座に対応しろ！」

「サー！　イエッサー！」

それぞれに合った特訓メニューを用意し、個々の苦手部分を強化しながら得意な部分を伸ばすプログラムとなっている。

カインは少し離れた場所からその様子を眺め、感心する。常日頃から仲間のことをよく見ていないと考えつかないメニューの組み立て方だった。

「鬼教官！　もっと……もっと厳しいメニューをくださいっ……！　私は楽しくなってまいりましたぁっ！」

「この欲しがりさんの変態がぁ！　お前のような卑しいブタにはもっともっと地獄を見せてやる！　覚悟しろぉっ！」

「サー！　イエッサー！」

「…………」

ただ、相変わらず言葉遣いは汚かったが。

「ぐぅぅっ……！」

そんな特訓の最中、厳しい訓練に耐えかねてミッターが倒れてしまった。

鬼教官が彼に近づく。

「どうしたぁっ!?　もうへばったのかぁっ!?　一段階上の訓練を積みたいと言い始めたのはどこの誰だったかぁっ……!?」

「ぐ、ぐぐっ……！」

ミッターはなんとか必死に起き上がろうとするけれど、体に力が入らないようで、上手く立ち上がれない。

　そんな彼を鬼教官が見下ろしながら、罵声を浴びせかけていく。

「どうしたぁ!?　それでも男かぁ!?　本当に金玉付いてんのかぁ!?　カーチャンのお腹の中に落としてきたんじゃないのかぁ!?」

「ノ……ノーサーッ！」

「なら根性を見せてみろぉ！　未《いま》だにカーチャンのおっぱい吸ってる赤ちゃんだと思われたくないのならなぁっ！」

「サ、サーッ……！」

　ミッターがなんとか体を起こそうと、限界を超えて力を入れる。

「お前は魔力の使い方が下手なのだ！　もっと筋線維一本一本丁寧に魔力を染み込ませるような感覚で体を強化しろぉ！　大雑把にやるな！　繊細に繊細に、細かく細かく魔力の流れを意識するんだぁっ！」

「うぐぐ……、うおおおおぉぉぉぉぉっ……！」

　ミッターが雄叫《おたけ》びを上げ、彼の体が持ち上がっていく。

　鬼教官の適切なアドバイスと、ミッターの熱い根性によって、彼は立ち上がることに成功した。

「よぉし！　よくやったぁ！　これでお前もクソ以下からゴミ以下にステップアップだ！　喜べぇっ！」

「サー！　イエッサーッ……！」

厳しい特訓に耐え、ミッターはまた一つ壁を乗り越えた。

こうやって彼は少しずつ、凡才ながらも一生懸命強くなっていくのであった。


日が暮れ、空が真っ赤に染まる。

その日の特訓が終了し、兵たちが汗だく、泥まみれになりながら一列に並んでいた。

「犬以下のお前らには畜生用のトレーニングメニューを用意したが、今日のトレーニングに私は全く満足していない！　もっときつくきつくしごいてやりたいと思っているが、もう日が落ちてしまったから仕方がない！　今日の訓練を終了とする！」

「…………」

皆が疲れ切っている中で、鬼教官だけが偉そうにふんぞり返って罵声を上げている。

「これから私が毎日毎日お前らを調教してやる！　嬉《うれ》しく思え！　イエス以外の言葉を忘れ、上官の命令を愚直にこなし、敵に突っ込む勇敢な兵士に仕立て上げてやる！」

「…………」

「自分を人だと思うなよぉ！　低能なお前らはブタのようにブヒブヒ言うだけの兵士になるのだ！　分かったかぁっ……!?」

「…………」

直立して微動だにしない兵たちの前を歩きながら、鬼教官が大声を上げて叫び続けている。

「返事はどうしたぁっ……!?」

「……………」

鬼教官が皆を脅すように大声を上げる。

しかし、兵たちは返事を返さない。今までの従順な様子を見せず、その場はしんと沈黙していた。

「……教官、自分たちは我慢の限界であります」

「……は?」

兵のシルファが眉一つ動かさず、静かにそう口にする。

そして、事態が動いた。

レイチェルが鬼教官の背後に回り、彼女をがばっと羽交《はが》い絞《じ》めにした。

「な、何をするっ……!?」

鬼教官は慌てながら抵抗するけれど、綺麗《きれい》に羽交い絞めが決まっており、鬼教官の身動きが封じられた。

兵たちが全員一歩前に出る。

「教官。これは謀反です。我らが味わった地獄を教官にもたっぷり味わわせてやりますよ」

「な、なにぃ……？」

シルファが鬼教官の目の前に立ち、嗜虐的《しぎゃくてき》な不気味な笑みを見せる。

鬼教官の額から一筋の汗が垂れた。

苦しい思いをさせられ続けた兵たちの逆襲が始まった。

「……なにやってんだ、あいつら？」

少し離れた場所でそれを見ていたカインが眉を顰《ひそ》める。

しかしすぐ、あることを思い出す。

今日のこのメニューの名前は『ヒィヒィ！　鬼畜コマンダーの過酷調教強化プログラム！　逆転もあるよ♡』だった。

今がその『逆転もあるよ♡』の部分なのだろう。

つまり、台本通りだった。

「どうですかぁ？　教官？　今まで犬以下、犬以下だと虐《いじ》めてきた部下に仕返しされる気分はぁ……？」

「今までの憂さ！　教官の体で晴らしてやるわっ……！」

「教官をメス犬に調教してやりますよぉ！」

「やめっ……、やめろぉぉぉっ……!?」

そうしてリズ教官を拘束しながら、女性たちが草むらへと姿を消していく。

外部の方にはお見せできないような激しい調教が行われようとしていた。

「あれ？　お前らは行かないのか？」

その場に取り残されたミッターとラーロに向けて、カインが横から声を掛ける。

「ここから先は女性だけのサバトなんだって」

「センシティブらしいから、儂《わし》らの参加はなしじゃ」

「……あいつら仲いいなぁ」

草むらからは、犬のようにワンワンと喘《あえ》ぐ鬼教官の声が聞こえてくる。

姿は見えない。しかし、あの恐ろしかった鬼教官が兵たちの逆襲に遭っていることはよく分かった。

「……帰るか」

「そうだね、お風呂入りたいよ」

そうして男性たちは拠点の宿へと戻っていく。

女性たちはほっといて、男たちはお風呂で汗や泥を洗い流し、さっぱりするのであった。

——日は完全に落ち切り、それでも鬼教官への調教は続く。

これから彼女は身も心も屈服するまで、執拗《しつよう》に兵たちのしごきを受けるのだろう。
軍隊を強くするための強烈な指導が、彼女を地獄に突き落とすことになってしまった。
鬼教官はワンワンと鳴き続けている。
しかし、どうしてだろう。
その声はどこか楽しそうであった。

第31話　【現在】編入生と学園最強の力

眩《まぶ》しい日差しが窓から入り込んでくる。

教室の中を風が通り、カーテンがふわりと揺れている。

今は学園の昼休みの時間であった。授業から解放された自由なこの時間、明るい教室の中で、クラスの皆様が思い思いに休み時間を過ごしている。

そんな中、私は一人教室の片隅で考え事に耽《ふけ》っていた。

「大丈夫でしょうか。何事もなければいいのですが……」

脳裏をよぎるのは一抹の不安であった。

頬杖《ほおづえ》を突きながら、窓から空をぼんやりと眺めていた。

「どうした、リズ？　なんかあったのか？」

「カイン様……」

行儀悪く私の席の机に座り、カイン様が声を掛けてきた。きっと私は今、難しい顔をしていたのだろう。

「いや、今日がヴォルフ様の学園編入の日じゃないですか……」

「なんだ？　あいつが心配なのか？」

今日はヴォルフ様がこの学園にやってくる日であった。

ヴォルフ様はカイン様と同郷の幼馴染《おさななじ》みで、勇者様たちを手助けするためにこの学園街にやってきた人物だ。

幼馴染みだけあって、カイン様は彼のことを信頼しているようだった。彼にかなり気を許しており、この前、街の商店街に一緒に遊びに行ったとも言っていた。

だが……、だがしかしだ。

「ヴォルフ様って、魔王軍の大隊長だったりもしたんですよね……？」

「まぁ、そうだな」

「馬の合わない人とかがいて、学園で問題を起こしたりしないか心配で」

「あー」

ヴォルフ様は、人族の敵としてカイン様たちの前に立ち塞がった経歴もある。

どうして魔王軍に入ることになったのか、どうしてそこから抜けることになったのか、私はあまり詳しい事情を聞いていない。

だから私からは何とも言えないし、カイン様が信頼しているというのなら特に問題はないのだと思う。

「………」

しかし、やはり心配は尽きない。

学園には善人だけが通っているわけではないのだ。

『ヤハリ人間、汚イ……。ヤハリ人間、滅ブベキ……』みたいなことを言いだして、問題でも起こさないか心配で……」

「お前の中でヴォルフは一体どういうイメージなんだ？」

もちろん、以前彼と直接会話して、そういう人ではないことは分かっている。

軍人のような性格の方で、誠実そうな感じがあった。少し堅くて重い雰囲気はあるものの、丁寧な物腰でとてもしっかりとした人だった。

だがやはり、魔王軍に所属していたという事実がどうしても私を不安にさせてしまう。

「そんなに心配か？」

「いえ、カイン様が大丈夫とおっしゃるのならそれで納得しているのですが、ただやはりほんの少しは……」

「まぁ、そういうもんか」

ヴォルフ様が編入したクラスは私たちのクラスとは別で、今この場では彼の様子は分からない。

この学園は世界的に有名であり、様々な国から留学生がやってくる。その際、いろいろな事情で入学時期がずれ、編入生として入ってくる人は多い。

だから編入生が一人二人入ってきただけではあまり話題にならない。だからヴォルフ様についての話は私の耳には入ってきていなかった。

まぁ、何も話が入ってこないということは、何も問題が起きていないということだから、安心していいのだと思うが……。

「リズ様ー！　リズお姉様ーっ！　大変ですぅーっ！」

「ん？」

ちょうどその時、クラスのドアが勢いよく開けられ、私の名前が呼ばれた。

「ア、アイナ様？　どうしました……？」

慌てて教室に入ってきたのはアイナ様であった。

ピンク色のツーサイドアップの髪が揺れ、額には少し汗が滲《にじ》んでいる。

「きょ、今日編入してきた学園生が問題を起こしているんですっ！　大変なんですぅっ！」

「え、えぇぇぇぇっ……!?」

厄介な話が飛び込んできてしまった。

どうやら今日一日、何もなく穏やかに過ごせるということはないようだった。

アイナ様に案内され、私とカイン様は急いで騒動の場所へと向かう。

「あれ？　どっちに行くんですか？」

ヴォルフ様が編入したのは三つ隣のクラスだと聞いている。それなのにアイナ様はそちらの方向へ向かっていない。

「騒ぎが起こってるのは三年生のクラスでなんですぅ！　編入生は二年生なんですけど、その編入生が三年生のクラスで問題を起こしているようで……！」

「な、なんで？」

急いで三年生のクラスへと移動する。

辿《たど》り着くと、そこはもう既に人だかりができており、騒然としていた。

教室を取り囲むように野次馬がたむろしており、私たちはその後ろから爪先立ちになって騒ぎの現場を観察する。

クラスの中から声が聞こえてくる。

「お主がこの学園の序列一位じゃと聞いておる」

「……まぁ、そうだが」

「つまり、お主を倒せばわらわがこの学園を牛耳《ぎゅうじ》ったと言ってもよいのじゃな？　ほほほ、簡単なものよ！」

「………………」

教室の中では、二人の学生が鋭い目つきで対峙《たいじ》している。

一人は最上級生だ。この学園の中では有名人で、勇者メンバーの皆様を除けば学園で一番強い人物として知られている。

バーデンガードという名前の先輩であった。

一方、その先輩に突っかかっているのは、長い黒髪を垂らしている女子であった。特徴のある喋《しゃべ》り方をしており、楽しそうに口の端を吊り上げながら、その生意気そうな大きい目を先輩に向けている。

見知らぬ女子生徒だ。こちらの方が問題の編入生だろう。

「……ってヴォルフ様じゃなかった」

騒ぎの中心にいるのはどう見ても女子生徒だった。

ヴォルフ様ではない。

思っていた人物と違って、私とカイン様はきょとんとする。

「名前はクオンっていうらしいですよ。今日入ってきた編入生です」

「へ、へぇ～……」

「……どうしました？　お姉様？」

困惑する私にアイナ様が聞く。

「いや……ちょっと思っていた人物と違くて……」

どうやら今日は二人の人物が学園に編入してきたようだ。

「どうした？　お主、わらわの決闘の申し出を受けられぬというのか？　学園一位ともあろう者がとんだ臆病者じゃな」

「…………」

「ほれほれ、どうした？　怒らぬのか？　根性無しめ。後輩にいいように言われて何の反撃もせぬのか？　ほれ、男なら殴り返してみぬか」

クオンという編入生がバーデンガード様をめちゃくちゃに煽《あお》っていた。挑発するように、先輩の体を軽く小突いている。

「…………」

しかし、バーデンガード先輩は動じていない。冷静沈着な様子で油断なく編入生を見ながら、彼女の煽りには乗っからない。

「くそっ、あの編入生、バーデンガード様に生意気な口利きやがって……」

「学園一位のバーデンガード様を舐《な》めるなんて許せないわ！　学園全体が舐められているのも同じじよ！」

むしろ、当のバーデンガード様以上に周囲が苛立《いらだ》ちを見せていた。

「カイン。それにリーズリンデさん」

「ん？」

ふと声を掛けられ、私たちはそちらを振り向く。

とある男性が人をかき分けながら、こちらに近づいてきた。

「って、ヴォルフじゃん」

本物のヴォルフ様だった。

「よぅ、ヴォルフ。これ、何が起こってんだ？」

「それは俺が知りたい。編入生が騒ぎを起こしていると聞いて、知らないところで俺が何かやってしまったのかと不安になったぞ」

心配になって現場を見に来たってところだろうか。

つまりヴォルフ様はこの騒ぎに全く関わっていないということだろう。

「お姉様、知り合いですか？」

アイナ様が私の袖を小さく引っ張り、尋ねてくる。

「あぁ、アイナ様。紹介します。この方はヴォルフ様といって、今日のもう一人の編入生です。カイン様と旧知の仲ですよ」

「あ、情報にあったもう一人の編入生ってこの方ですか。カイン様と旧知の仲だってのは知りませんでしたけど」

さすがはアイナ様。情報収集能力に関してはこの学園の中でもずばぬけている。いろいろと独自の情報網を持っているに違いない。

「お姉様。見ての通りですが、この騒ぎはクオンという編入生が学園の序列一位であるバーデンガード様に突っかかっているところから始まっています。この学園を牛耳《ぎゅうじ》ってやるとかなんとか言って、いきなり先輩を挑発するというその生意気な態度に、本人ではなく周囲が熱くなっている感じですね」

アイナ様が現状を纏《まと》めて説明してくださる。

「序列一位？　この学園では生徒に順番が付いているのですか？」

それに対して質問を返したのはヴォルフ様だった。

相変わらずカイン様以外には丁寧口調である。

「編入生のあんたにはそこからか……。別にあんたに説明しているわけじゃないのだけれど、まぁいいわ」

「お手数おかけします」

「この学園では個々の生徒の強さに順位が付いているの。授業中の模擬戦や訓練、それと個々で行われる決闘によって順位が変動していくわ。当然上位であればこの学園での地位は上がるし、学園内で様々な特典も付くの」

アイナ様が簡潔に説明する。

「なるほど。……カインが一位じゃないのですか？」

「勇者様一行は例外。このランキングには参加しないと自分から表明しているわ」

「ま、当然だろ。ヴォルフ、お前も参加すんなよ。レベルが違い過ぎだ。卑怯《ひきょう》にもほどがある」

「確かにそうだな」

カイン様とヴォルフ様は互いに頷《うなず》き合った。

カイン様にとって学園の生徒たちを打ち負かすことなど、赤子の手を捻《ひね》るより簡単なことだ。それほど勇者一行と学園生との実力は、隔たりがある。

そして魔王軍大隊長を務めていたというヴォルフ様も、それは同じはずだった。

彼らの良識のおかげで、この学園のランキングは荒れずに済んでいた。

「そしてここにおわしますリズお姉様はなんと！　二年生でありながら学園序列四位という優秀な成績を取っているのであります！　今の三年生が卒業したら、学園一位の座はほぼお姉様で決まりですねっ！」

「アイナ様、アイナ様、恥ずかしいです……」

話が逸《そ》れた。

「んで、編入生のクオンとかいう奴はもちろんランキングほぼ最下位。それなのに序列一位に挑もうとしているわ。でもそれには問題があって……」

「問題？」

ヴォルフ様が小さく首を捻る。

そして、まるでその後の説明を引き継ぐかのように偶然、渦中のバーデンガード様がクオン様に対して語り始めた。

「あのな、お嬢ちゃん。君の順位では俺に決闘を挑むことはできない。個々で行われる決闘は、自分に近い順位の者としか組むことができないのだ。俺と決闘をしたければ序列五位以内まで上がってくることだ。そうなればやっと俺は君との決闘を受けることができる」

　そうなのである。

　制度上、バーデンガード様はクオン様の挑戦を受けたくても受けられないのだ。

　しかし、それを聞いたからと言ってクオン様が引き下がることはなく、

「なんじゃ、頭の固い奴らばっかじゃのう。なんで自分より下だと分かっている者に遠慮しなければならないのじゃ。ほれ、わらわの方が強いことなど明らかなのじゃから、その制度とかいうものの方をなんとかせんか、ほれ」

　と、無茶なことを言っているのであった。

「あ、あの編入生めぇっ！　舐《な》めきった態度を取りやがってぇ……！」

「学園全体に対する侮辱よ！　できることならバーデンガード様の強さを思い知らせてやりたいわぁっ！」

　その挑発に、本人よりも周囲の人が反応をしていた。

　……この問題はどうやって収めればよいのだろう？

私は疑問に思う。

当のクオン様は、にやにやしながらこの状況を楽しむように挑発を続けているし、バーデンガード様はそれを断り続けることしかできない。

そして渦中の二人よりも、周囲の方が熱くなっている。これでは火が大きくなり続けるだけだ。

「しかしどう収めるかは別にしても、あの編入生は無謀が過ぎますね。学園序列一位であり『烈堂会《れつどうかい》』の会長であるバーデンガード様に挑むとは……。あの人は本当に強いんですよ？」

「烈堂会？」

私の呟《つぶや》きに、ヴォルフ様が反応した。

この学園に入ってきたばかりだから知らないのだろう。

「あんた、またぁ？　いちいち話の腰折らないでよね」

「すみません、アイナさん……」

「ま、いいわ。説明してあげる。この学園には絶大な権力を持った四つの会が存在するの。この学園の中核を担っていて、その力は学園内部だけじゃなく、この学園街全体にも大きな影響を与えるほどよ」

「四つの会……」

「そう。その四つの会を総じて『四天煌会《してんこうかい》』と呼ぶわ。知らないのはあり得ないから覚えておきなさい」

めんどくさがりながらもアイナ様が説明してくださる。

アイナ様って、結構世話焼き？

「まず一つはこの学園の中心の中の中心、『生徒会』。他の学校にもある普通の生徒会と機能は変わらないけど、この国一番の大きな学園なのだからその権力も絶大。学園のあらゆる活動において、この生徒会の審査、許可がいるわ」

「なるほど……」

ヴォルフ様が小さく頷《うなず》く。

「そして次が『烈堂会』。さっき言った、バーデンガード様が所属しているところね。ここは冒険者ギルドでのダンジョン攻略活動を主としている実力派集団よ。日頃から苛烈な戦闘を行い、自らを鍛え、外から来る冒険者たちと渡り合っている学園最強の団体。当然、学園のランキング上位には、この烈堂会の人が多いわ。

そして次は『至宝会《しほうかい》』。ここはこの学園に所属する貴族の人が中心となってできている会で、その家の力で学園の活動を支援する会よ。人脈の繋《つな》がりが圧倒的に広く、国の中枢にも顔が利くほどの力がある会ね。私とリズお姉様もこの会に所属しているわ」

「確かに、どこも権力が強そうですね。人気もありそうだ」

「分かったかしら？」

アイナ様の解説に、ヴォルフ様が納得する。

学園での『四天煌会』が持つ役割を理解してもらえたようだ。

「そして最後の一つが……」

「最後の一つが……」

彼が小さく息を呑《の》む。

アイナ様は言った。

「『ラグビー部』よ」

「ラグビー部……!?」

そして驚いていた。

「いやっ……、ラグビー部っ!?　なんでっ!?」

「なによ」

「いやっ、最後の一つおかしくないかっ!?」

ヴォルフ様があわあわとしている。

納得できていない様子だった。

「おかしいって言われても……」

「いや、ほらっ……、ラグビー部だけ浮いてないかっ!?　他の三つの会に比べてあまりに普通だし……ただの部活だし……!?」

「でも実際に力があるんだからしょうがないじゃない」

「えぇ……？」

ヴォルフ様は困惑していた。

私が横から口を出す。

「いやいや、ヴォルフ様。この学園のラグビー部を舐《な》めちゃいけませんよ？　毎年全国大会優勝候補筆頭ですし、ラグビー部の力を合わせたスクラムは最強。部員一丸となったその結束力はドラゴンをも押し倒し、タッチダウンを決めると言われています」

「なんなんだっ!?　それっ!?」

彼は動揺を隠しきれない。

まぁ、分からないでもない。誰もが入学時には驚くことだ。

今では皆様慣れたものだが。

納得のいってないヴォルフ様を放っておいて、アイナ様が話を変える。

「ちなみに私が今この騒動を収めようとお姉様に助力を仰いだのは、うちの至宝会の会長からこの騒動を収めてこいと無茶振りされたからよ。そうじゃなきゃこんな面倒に首を突っ込まないわ」

「大変ですね、アイナ様……」

彼女が切羽詰《せっぱつ》まった様子で助けを求めてきたのはそういう理由だったのか。この騒動でなぜ彼女が困っているのか分からなかったが、会長の無茶振りなら納得である。

「おや……?」

「ん……?」

そんな説明をしていると、騒ぎの中心で動きがあった。

件《くだん》のクオン様の視線が動き、カイン様と目が合う。

「……ほぅ」

彼女が小さく呟《つぶや》き、にやりと笑う。興味が移ったらしく、彼女のギラギラとした視線がカイン様一人に注がれる。

「これはこれは……面白い人物がおるではないか……」

クオン様がそう呟きながら、バーデンガード様から離れ、こちらへと近寄ってきた。

人垣が割れ、クオン様とカイン様が正面から向き合う形になった。

「お主が勇者カインか?」

「……そうだが?」

「なるほどなるほど。この学園の一位より良い遊び相手がいたのぅ」

「…………」

クオン様が不敵な笑みを見せる。

「この学園の一位より、世界中で有名なお偉い勇者様を打ち負かした方が箔《はく》も付くというものじゃのう？　そうは思わんか？」

「なるほど、相当に生意気な奴だ。自惚《うぬぼ》れ屋でもある」

「その評価はすぐに覆ることになるじゃろう」

カイン様はその彼女の視線を一身に受け止める。

二人の間にヒリヒリとした空気が流れている。

なんだろう、ただ対峙《たいじ》しているだけなのに空気が張り詰め、緊張感で体が震える。周囲の皆様からも息を呑《の》む様子が伝わってくる。

もしかして、クオン様という方は本当に本当の実力者なのだろうか……？

「……ゆ、勇者カイン様にまで舐《な》めた口を利くなんて、なんていう礼儀知らず！」

「勇者様は世界で一番強いんだぞっ！　身の程を知れっ……！」

「誰のおかげでこの平和が保てていると思っているんだっ……！」

周りから罵声が飛ぶが、クオン様はそれを一切気にしていない。

ただ彼女の意識はカイン様一人に集中しており、他の有象無象《うぞうむぞう》などどうでもいいというかのように完全に無視し続けた。

「予言をしよう」

そう言いながら、彼女はカイン様に人差し指を向ける。

「お主はわらわのものになる。わらわに打ち倒され、地に這《は》いつくばり、わらわに忠実な下僕となるのじゃ」

「……なんだって？」

「すぐに雌雄を決する時は来る。すぐにな……」

そう言うクオン様は笑っていた。

楽しそうで、そして獰猛《どうもう》な笑み。

「…………」

私はその笑みにどこか恐怖を覚えた。

もしかしてもしかすると、本当にカイン様は打ち倒され、彼女のものになってしまうのではないか。

カイン様に首輪を付けられるだけの実力が、本当に彼女にはあるのではないか。

心臓がどくんどくんと震えだす。

「…………」

もしかしたら本当に、彼女は舐《な》めてはいけない存在なのかもしれない。

どうしてだろう。

そう感じさせるだけの謎めいた気迫が、クオン様から感じられた。

――その時だった。

「いたぞっ！　あいつが騒ぎの元凶だ！」

「ん？」

「は？」

突然大きな野太い声が響いてくる。

皆様がびくっと驚き、その声の方に注目する。

その声を発したのはとても屈強な体つきをした人たちだった。ハードなトレーニングを積んでいるのか、まるで筋肉そのものが自身の鎧《よろい》と化しているかのようである。

皆様同じユニフォームを着ており、彼らからは固い結束力が感じられる。

「ラ、ラグビー部のメンバーだぁっ……!?」

ラグビー部の皆様が現れた。

「我らが誇りである学園最強を舐めきり、風紀を乱す愚かな編入生め！　許せんっ！」

「な、なんじゃ、こいつら……？」

ラグビー部の登場に、クオン様が困惑する。

「行くぞ！　皆！」

「おうっ！」

「スクラームッ……！」

ラグビー部の皆様がスクラムを組み始めた。廊下がびっしりと埋まる。

私たちや周囲にいる人たちすべてが、自主的にすぐ隣の教室の中に避難を始める。

「なんじゃ!?　何が起こるのじゃ……!?」

逃げ遅れたのは当の本人のクオン様だけだ。

彼女はまだラグビー部の恐ろしさを知らないのだろう。

「ゴーーーーッ……!」

「ぐはあああああああぁぁぁぁぁぁぁぁぁぁぁっ……!?」

ラグビー部は突進を始め、哀れクオン様はそのスクラムになす術《すべ》もなく吹き飛ばされてしまった。

窓ガラスを突き破ってクオン様の体が外へと弾き出される。まるでボロ雑巾のようになりながら、地面にごつんとキスをした。

痛そう……。

さすがは学園内最高の権力を持つ『四天煌会』の一角、ラグビー部。

生意気な編入生など一撃で粉砕してしまった。

「……勝った」

「終わった……」

あっさりと騒動の幕は下りる。

一瞬で騒ぎは収まってしまった。

問題の中心であったクオン様は沈黙し、動かない。気絶してしまったようである。

一仕事終えたとばかりに、ラグビー部の皆様が解散する。問題は解決し、周囲の野次馬たちも笑顔で散っていく。

「なんだったんだ、あの編入生……」

一人ぽつんと残されたカイン様が呟《つぶや》く。

彼女にケンカを売られた彼はただ、戸惑いを隠せないのであった。

第32話　【現在】世界一身分の高いメイド

日を追うごとに、日差しがだんだん強くなってきている。

初夏の風が爽やかで空が澄み切っている日、私は学園の先生の依頼で、シルファ様が住んでいる部屋を訪ねようとしていた。

勇者一行の皆様はいろいろと忙しい。様々な仕事が舞い込んできたりする。そのため、学園をちょくちょく休むことがある。

だから今日、私は学園を休んだシルファ様に授業のプリントや配布物を届けたり、連絡ごとを伝えたりするために、シルファ様の住む部屋へと足を運んだ。

彼女たちは冒険者ギルドが経営する高級ホテルに部屋を取っている。ホテルの玄関をくぐり、フロントで用件を伝え、階段を上がって彼女の部屋へと近づいていく。

一流ホテルらしい、静かで落ち着いた廊下を進む。

そうして、私はシルファ様の部屋の前に辿《たど》り着いた。

その扉をノックしようと、軽く握ったこぶしを持ち上げる。

――その時だった。

「……全く！　そんなこともできないのですか⁉　このメイドはっ！」

「も、申し訳ございませんっ！　ご主人様……！」

「お前は本当に役に立たないメイドですね！　お仕置きですよっ！」

「あぅっ！　ご、ごめんなさいっ……！　ご主人様……！」

部屋の中からそんな声が聞こえてきた。

「……え？」

思わず固まる。

部屋の中から聞こえてくるのは罵声。自分のお付きの者を叱りつけ、罰を与える人の言葉であった。

……シルファ様がお付きのメイドをいびっているっ⁉

私は驚く。

シルファ様は優しいお方だ。凛々《りり》しく気高く、ましてや、不当に人を傷つけるような人ではない。気遣いができる純粋で立派なお姫様のはずである。

それがどうだ。部屋の中から聞こえてくるのは怒鳴り声だ。

もしかして……シルファ様って自分の部下には厳しいタイプだった……⁉

「…………」

口をあんぐりと開けながら、私は扉をノックしようとしていた手を止めていた。

動揺していた。

シルファ様の意外な一面に、呆気《あっけ》に取られていた。

……この部屋の中に入りたくないという気持ちさえ、芽生えてしまっていた。

「…………」

しかし、私は彼女に学園のプリントを届けないといけない。

この部屋の扉をノックしなければいけないのだ。

……そもそも、シルファ様が自分のメイドに何をしようが、私に何か言う権利などありはしない。

自分の部下を叱らなければならない状況なんて、幾らでも発生するのだ。

「…………」

そんなふうに考え直して、私は小さく深呼吸をする。

そして、目の前の扉をコンコンとノックした。

「こ、こんにちはぁ……。リズです。が、学園のお届け物を持ってまいりましたぁ……」

声を震わせながら、そう言った。

ビクビクしてしまっていた。

「む……？　おぉ、リズか。ありがたい。入ってくれ」

「し、失礼しまぁす……」

返事があり、私は目の前の扉のノブを回す。

先ほどの罵声を聞き、優しいシルファ様のイメージが崩れかかっている。

恐怖心を堪《こら》え、ぐっと息を呑《の》み、私はシルファ様の部屋に入った。

「ご、ごきげんよう、シルファさ……ま……？」

私は挨拶の言葉を止める。

止まってしまう。

「え……？」

そこには奇妙な光景が広がっていた。

部屋の中には二人の女性がいる。

メイド服を着た女性が、両肘と両ひざを床につけて這《は》いつくばっている。

そしてその女性の体を椅子に見立て、綺麗《きれい》な服を着たもう一人の女性がメイドさんの体にお尻を乗せている。

メイドさんの上に女性が座っていた。

まさに虐げられる身分の低いメイドとその主人といった様子であり、主人はメイドの上で偉そうにふんぞり返っている。

「……？」

しかし、おかしな点がいくつもある。

メイド服を着て椅子になっているのがシルファ様であった。

……シルファ様なのだ。虐げられている方がシルファ様なのである。

その彼女の上に乗っているのは……以前見たことがある。確かシルファ様のお付きのメイドさんであったはずだ。

つまり、シルファ様がメイド服を着て椅子になり、彼女のメイドさんが主人の上に乗っているのである。

……あべこべだ。

何か全体的にあべこべであった。

「ほらっ！　メイド！　座り心地が悪いですよ！　背を丸めるんじゃありません！」

上に乗っている、メイド服を着ていないメイドさんが叱る。

「も、申し訳ございませんっ！　ご主人様っ……！」

お姫様であるはずのシルファ様が謝る。

「謝ればいいってものじゃありませんよっ……！　全く！　なんて鈍くさいメイドなのでしょうっ！」

「ごめんなさい！　ご主人様っ！　好きなだけ私にお仕置きをしてください！」

「どうやらその必要がありそうですねっ……！　この駄目メイドっ！　お尻を叩《たた》いてしまいましょうっ！」

「あぁっ……！　ご主人様っ！　こんなダメダメなメイドで申し訳ございませんっ！」

「なにやってるんですかあああぁぁぁっ……!?」

私は叫ぶ。

「あぁ、リズ。学園の届け物を持って来てくれたんだったな？　ありがとう、感謝する」

「リーズリンデ様。王女様のためにご足労いただきありがとうございます。今お茶をお淹《い》れしますね」

「なにやってるんですかあああぁぁぁっ……!?」

もう一度叫んだ。

シルファ様とメイドさんはなんでもないように普通に私に喋《しゃべ》りかけてくださるが、私にはこの状況をスルーできるだけの胆力がない。

私は気が動転してしまっていた。

「い、いい、いったいこれは何なんですかっ!?　なんでシルファ様がメイドの格好をして……メイドさんの椅子になって……!?　は、反逆!?　反逆なんですかっ……!?」

「まぁ、待て。落ち着け、リズ」

「落ち着いていられますかいっ！」

シルファ様の上には依然としてメイドさんが乗っている。降りようとする気配がない。

私はこの光景に小さな地獄を感じていた。

「リズ。落ち着いて話を聞いてくれ。これには深い訳があるんだ……」

「深い、訳……？」

「あぁ。私の過去……姫という生まれにまつわる話だ……」

「姫という、生まれ……？」

「あぁ……」

深い訳？　姫という生まれ？

なんだろう？

ごくりと小さく唾を呑《の》む。

シルファ様が過去に思いを馳《は》せるように、遠くを見つめる。

そして、ゆっくりと語りだした。

「言うまでもないが、私はこの国の王女として生を受けた。生まれた瞬間からこの命には大きな価値が付与されていて、誰もが私を尊い存在であると敬意を表した」

「…………」

「生まれると同時に王女としての権利、そして義務と責務を負っていた。幼い頃から帝王学を学び、人を従える術《すべ》を学んできた。ゆくゆくは大勢の人を指揮し、リーダーとして皆を率いることになるだろう。そう期待され、戦闘に関するあらゆる教育を受けてきた」

シルファ様が語ったのは、王族としての生き方であった。

まだ幼かった彼女は、想像できないほどの重責を担っていたのだろう。

「幸か不幸か、私には戦闘に関するあらゆる才能があった。皆が私に期待をした。勇者殿の仲間になる前から、私は多くの軍勢を率いて魔王軍と戦っていた。上に立つ者として軍を指揮し、ただ声を発するだけで大勢の人を動かしてきた。それで成果を上げると大きな喝采《かっさい》を受けた……」

　話を聞き、小さく息を呑む。

そんな責任を、年端のいかない小さな少女が背負わなければならなかった。

それはきっと、壮絶な少女時代だったはずだ。

「……しかし自分には違和感があった」

「違和感？」

「あぁ。仕事のために人を使い、上の立場に立てば立つほど、なにか胸にぽっかりと穴が開くような思いをしたのだ。戦いに勝てば称賛を受ける。皆が私の思うように動いていく。……それがどうしてだろう。そうなればなるほど、私の心は虚《むな》しさを感じ、何か満ち足りない思いに苦しんだ」

　そう語るシルファ様の目は愁いを帯びていた。

「しかし、私に転機が訪れた」

「……？」

「勇者殿の仲間となったことだ。カイン殿やその仲間たちと共に世界を回り、自分の足で旅をすることは、私にとって今までの自分を大きく変えるものであった」

「………」

「旅の途中、私たちは危険な組織の存在に気付く。とある地方貴族の管轄下にある軍隊が、魔王軍と癒着しているという疑いがあったのだ」

「ま、魔王軍と癒着ですか……？」

「あぁ。私たちはその証拠を掴《つか》むため、身分を偽り姿を変え、その軍に潜入して捜査をすることとなった」

話に聞き入る。

「その軍の規律は劣悪だった。軍の中では汚職がはびこり、下の者たちに満足に給与も行き渡らない。兵の命など使い捨ても同然で、戦いの『た』の字も知らないような貴族の人間が指揮を執り、無様《ぶざま》な作戦を繰り返す……。本当に、前線で戦う兵たちが哀れでならなかった」

「………」

「私たちは新兵としてその軍に潜入したからな、大変だった。上官の無茶な命令は聞かないといけない。しかし、何の罪もない現場の兵たちを見殺しにするわけにもいかない。自分たちの正体がバレないように兵の皆を助けながら、指揮官の無謀な指示を繰り返し聞いていく……。本当に大変だった……」

シルファ様が小さく息をつく。

勇者様たちがどれだけ大変な冒険をしていたのか、胸が締め付けられる思いがした。

彼らの活動は、ただ敵だけを倒していればいい、というわけではないのだ。人を救うため、私たちの知らない場所で様々な苦労を背負っていた。

頭が下がる思いだった。

「そこで私は気付いた」

「……魔王軍との癒着の証拠にですか？」

「いや……」

シルファ様は小さく首を振った。

「私は、大変な思いをしながら人に尽くすことが好きなのだと……」

「……え？」

「上の立場で誰かに命令をするより、下の立場で誰かの命令を聞くことが好きなのだということに気付いたっ……！」

「……は？」

「私は過酷な環境で身を削りながら、下っ端として働くのが大好きなのだということに気付いてしまったのだっ……！」

「ちょっと待って？　ちょっと待って？」

話が見えなくなってきた。

混乱する私に追い打ちをかけるかのように、シルファ様の話が続く。

「人に尽くせば尽くすほど、自分の中に幸福感が満ちていったのだ。大変な思いをして、自分を酷使し、人のために活動すればするほど自分の胸が満たされていったのだ……！」

それはよい事なのだろうけれど……。

私の口元がひくひくとする。

「ただひたすらに誰かの命令を聞いているのがとても性に合っていることを知った。今までの姫という立場では味わえない至高の感覚だった。私は人を使うより、人に使われることの方が断然、圧倒的に大好きであったのだっ……！」

「えぇ……？」

「つまり自分は姫という立場にありながら、人の下に付き、誰かに尽くすことにこそ幸福を感じるのだっ！」

そう叫び、シルファ様は得意げな様子を見せる。

「…………」

私は困る。

つまり、えぇっと……？

「つまり私はマゾなんだな」

「ぶっちゃけたよ、この姫様……」

この国で最高の身分にある姫様の告白に、頭を抱えざるを得ない。

なんなんすか、それ……？

「当時の潜入捜査はとても大変だった。しかし、私にとっては最高にやりがいのある仕事だった……。難しい命令をこなせば民は守れる、兵も守れる。身《み》を粉《こ》にして人に尽くしているって本当に感じた。ほとんどがダメダメな上官であったが、たまにあのボロボロの軍をなんとか支えようとする誇り高い上官もいた。その人の命令をこなす時は感動で身が震えたものだ……」

「はぁ……」

当時の様子を振り返るシルファ様の声色はとても楽しそうであった。

本当にやりがいがあった。その様子が全身から伝わってきた。

「え？　結局その潜入捜査はどうなったんですか……？」

「普通に証拠を掴《つか》んで、普通に黒幕を倒したな」

結論をあっさりと語る。

彼女にとってこの話で重要な点は、結果ではなく過程であった。

「私の天職は誰かに仕えることだ。その時に、誰かのためになっていると感じられる仕事がよい。そして、それが大変であればあるほど嬉《うれ》しい」

「えぇっと……？」

「つまり、私の天職はメイドさんなのだぁっ……！」

意気揚々と、姫騎士様がそう語る。

ほんと頭が痛くなってくる。

現在シルファ様の格好はメイド服である。最初、そこに大きな疑問を感じていたのだが、ようやく話が繋《つな》がった。

……いや、繋がってるか？　これ？

深い訳はなさそうだった。

「……取りあえず、椅子の状態のままで話をするのやめてもらっていいですか？」

「…………」

この長い話をする間、シルファ様はずっと椅子の状態であった。メイドさんも上に座ったままだった。

すっごい奇妙である。

「いや……、リズ、しかしだな……」

シルファ様は渋った。

なにが、しかしだな……、ですか。

「早くしてください」

「はい……」

ちょっと冷たい口調で促すと、シルファ様は立ち上がり、やっと人らしい体勢になった。

シルファ様は少し不満そうな態度を表しつつ、しかし私のぶっきらぼうな口調が心地よかったのか、ちょっと嬉しそうであった。

どうすりゃいいんだ、この人。

「………」

立ち上がったシルファ様をじっと観察する。

彼女は今メイド服を着ている。それが妙に似合っている。

白と黒を基調にしたエプロンドレスであり、スカートの丈は長めで、落ち着きが感じられる。彼女のすらりとした高めの身長がその服によく映えており、その立ち姿には気品すらあった。

彼女はいつも赤く長い髪をポニーテールにしているが、今は頭にカチューシャを着け、長い髪を垂らしている。

まさにメイド。

どっからどう見ても立派なメイドさんであり、その姿が堂に入っていた。

「まぁ、そういうわけで、こうしてちょくちょく私の方がメイドの仕事を担当するのさ。旅の途中でいろいろな家事を仲間から習ったからな。こう見えて結構上手いんだぞ？」

「その……、この事、カイン様は……？」

「もちろん知っている。最初は戸惑っていたが、もうすっかり慣れたな」

「…………」

振り回されて困っているカイン様の姿が、ありありと目に浮かんだ。

「ちなみに……この方は本職のメイドの方ですよね……？」

そう言って、私はさっきまでシルファ様の背に座っていた女性の方に目を向ける。

「ん？　紹介がまだだったかな？　私専属のメイドのカチェリーナだ。よろしく頼む」

「王族付きのメイドの仕事をさせていただいております、カチェリーナと申します。リーズリンデ様、なにとぞよろしくお願いいたします」

「は、はい。よろしくお願いします……。カチェリーナ様……」

カチェリーナと名乗った少女がスカートの裾を摘まみ、優雅な作法で礼をしてくださる。さすがは王族付きのメイド。小さな動作一つで彼女の品の良さが分かる。

……先ほどまで主人の上に乗っかっていた人だとは思えない。

私たちは握手を交わす。

「あの……、それで、先ほどの……椅子の真似事は……？」

「…………」

ちょっと怖かったが、一応真正面から聞いてみる。

カチェリーナ様がこほんと小さく咳払《せきばら》いをした。

「……王女様の戯《たわむ》れでございます。本当はわたくしもやりたくないのですが、全てはシルファ様のご命令のため。精一杯高慢ちきな主人役をやらせていただいております」

「…………」

……まぁ、うん。そうなのだろう。

シルファ様は大国の王女だ。圧倒的な権力を持つ。彼女がそういう遊びをしたいというのなら、シルファ様に仕えるカチェリーナ様に断る権利はない。

分かりやすい理屈だ。

分かりやすい、のだが……。

「……でもさっきはノリノリでしたよね？」

「…………」

沈黙。

「…………」

「…………」

「…………」

「……ほら、メイドのシルファ！　何をサボっているのですか！　さっさと手を動かして、お客様にお茶をお出ししなさいっ！」

「申し訳ありません、ご主人様ぁっ……！」

「やっぱりノリノリですよねっ……!?」

ノリノリにしか見えなかった。

メイド服のシルファ様が紅茶を淹《い》れてくださる。……なんで私は王女様が恭《うやうや》しく淹れた紅茶を飲まなければならないのだろう。

多分、このお茶は世界一重苦しいお茶である。

あ、でもすごくおいしい……。

「ところで、リズ」

「はい？」

テーブルの傍《そば》でお盆を持って控えるシルファ様が、私に声を掛ける。

王女である彼女が立ち、私とカチェリーナ様がソファに座ってシルファ様のお茶を飲むこの状況は、何とも奇妙であった。

「その、なんだ……。聞くだけ聞いておきたいのだが……」

「……？」

シルファ様は少し恥ずかしそうにもじもじしている。お盆をきゅっと強く握り、頬をうっすらと赤く染めている。

なんだろう？

「その……リズもなんかご主人様役をやってくれる気はないだろうか？　できれば、こう、責める感じで……」

「ないですよっ⁉」

驚いて、紅茶を少しこぼしてしまう。

「ムリムリムリ！　嫌ですっ！　嫌ですって……！」

ぶんぶんと首を振り、猛烈に拒否する。

王女様にメイドをやらせるなんて普通できるはずがない。

しかも、責める感じでなんて。

そんなことしたら、常識的に考えて私の首がすぽーんと飛んでしまう。

「そこをなんとかっ……！」

「嫌ですっ！　無理ですっ……！」

「久しぶりにリズの洗練された責めを味わってみたいんだ！」

「なに意味の分からないこと言ってるんですかっ……⁉」

私はシルファ様を責めるように虐《いじ》めた経験などないし、もっと言ったら誰かを虐めたことさえ一度もない。

なんだ、洗練された責めって。

「大体、私には責める感じとか、全然分かりませんよっ！　仮に私がやってもシルファ様を満足させられるとは到底思えませんっ！」

「何を言っているんだ、サドキング？　謙遜《けんそん》するな、サドキング！」

「伝説に聞くサドキング様なら、なんだってできますよ？」

「サ、サドキングってなんですかっ……!?」

私の知らない単語が飛び出してきた。しかもカチェリーナ様まで声を揃《そろ》えて。

困る。

「さぁさぁ！　リズ！　お願いだ！　私の主人役をやってみてくれ！　自分のメイドをいじめて喜ぶ性悪令嬢の姿を見せてくれっ……！」

「リーズリンデ様。後学のために、あなた様の一流の責めを見せていただけないでしょうか？　シルファ様もおっしゃっていることですし」

「あわわわわわ……」

二人が私にぐいぐいと迫ってくる。

プレッシャーが強い。

私は思わず体を引くが、引けば彼女らがまたぐいと迫ってくる。そうしているうち、私はいつの間にか部屋の隅に追い詰められていた。

「さぁっ！　リズ！　リズお嬢様っ！　どうかこの未熟なメイドに何なりとお申し付けください っ……！」

「リーズリンデ様。あなた様の真のお力を見せてください！　噂《うわさ》に伝え聞く、究極の責めをっ！」

「ひ、ひぃぃぃぃ……」

二人の目が爛々《らんらん》と輝いている。熱がすごい。めちゃくちゃ顔が近い。

私にもう逃げ場はない。

なんなんだ？　この状況、なんなんだ……？

私を虐《いじ》めてくれ、と言われる状況すらもうおかしいのに、なぜ責めろと言われている方が追い詰められなければならないのだ？

「あわ、あわわわわ……」

部屋の隅で小鹿のように震える私。そのすぐ傍《そば》に、まるでカツアゲするかのごとく、ぐいぐいと迫ってくるメイドさんと悪役令嬢さんがいる。

この状況どうすればいいんだっ……!?

大体、責めるような感じって言われても、どうすればいいんだっ……!?

「ん……？」

そこで気付く。

私のすぐ傍《そば》には窓があった。

そこをじっと見る。

……なんだろう？　その窓を見ていると、私の奥底からなにかアイディアが滲《にじ》み出てくるような感じがした。

「……ほ、ほら、……見なさいっ！」

私は窓の桟《さん》に指をつつと這《は》わせ、その指の腹を二人の方に見せた。

「ま、窓の桟に埃《ほこり》が二粒残っていましたわよ……！　な、何をやっているのですか、メイドっ！　こんなんで掃除をしたといえるのですかっ……!?」

やけになりながら、そう叫んだ。

「な、なに……？」

すると、シルファ様とカチェリーナ様の表情がぴしりと固まる。

「ま、窓の桟の埃だと……!?」

「そ、それもたったの二粒！」

二人が目を丸くする。

「生活には全く影響ないほどの小さい事！　まさに重箱の隅をつつく指摘っ！」

「それを責め立てるなんて……、なんてドSなんでしょうっ……！」

驚いていた。

いや、感動していた。

なんでだよ。

「意地の悪いお姑《しゅうとめ》よりも性根の悪いお叱り！　さ、さすがはリズ……！　も、求めていたもの以上だっ……！」

「こ、これが、洗練されたドS……！　ナチュラルボーン悪役令嬢……！」

二人はわなわなと震えだし、シルファ様は頬を赤く染め始めた。

興奮しているのか……？　徐々に熱い吐息も漏れ始める。

「も、申し訳ございませんでしたぁ！　ご主人様ぁっ！　す、すぐに……すぐに掃除をやり直させていただきますぅっ……！」

そう言って、シルファ様は嬉々としていそいそと掃除をやり直し始める。

まさにこれこそが自分の生きがいなのだと言わんばかりに、せっせと雑巾を絞り始める。その姿からは満たされきった感情が溢《あふ》れ出ていた。

あなた本当にこの国のトップ層ですかっ⁉

「こ、これが噂《うわさ》に聞いていたリーズリンデ様の力……！　か、感服いたしました！　さすがはサドキング様ですっ……！」

「だからサドキングってなんなんですかぁっ……⁉」

カチェリーナ様までもが私に恭《うやうや》しくお辞儀してくる。

私は感服されるようなことなど一切やっていないっ……！

「リズお嬢様っ！　他にっ！　他に私の至らない点はございますでしょうかっ!?」

「リーズリンデ様！　どうかもっとそのドS力を見せてくださいませっ！」

「一体全体なんなんですかぁっ……!?」

私は叫ぶ。

高級ホテルの王女様の部屋。

彼女の倒錯した趣味と嗜好《しこう》に振り回され、私の困惑した声がその部屋に虚《むな》しく響き渡るのであった。

第33話　【過去】姫騎士とオーク

「クソっ！　リズとシルファはまだ帰ってこないのか……!?」

暖炉の中で薪《まき》のはぜる音がしている。

ここはとある宿の中。外は暗く、空には星が輝き、部屋の中には冷たい空気が入り込んできている。

暖炉では炎が揺らめき、この部屋をじわりと暖めている中で、カインが苛立《いらだ》たしげな声を上げていた。

彼が拳を握り、机を乱暴に叩《たた》く。

今、勇者パーティーの皆の間には重苦しい空気が流れていた。

カインたちは、リズとシルファに対して苛立っているのではない。

その二人が予定していた時間を大幅に過ぎても、まだ集合場所に戻ってきていないのである。

二人の身に何かあったのではないか？

そんな不安が仲間の皆の心を重くしているのであった。

——事の発端は、とある村から救援を請われたことであった。

村の近くにある洞窟に、オークの群れが巣を作ってしまったというのである。オークに襲撃されれば、普通の村なんかひとたまりもない。

カインたちはオークの巣の討伐をすることに決めた。

だが村人から寄せられる証言では情報が足りず、周辺の土地の様子もよく分からない。

まずリズとシルファを斥候《せっこう》として送り出し、周辺の情報収集に当たらせた。

そして、そのリズとシルファがいつまで経《た》っても帰ってこないのである。

仲間の皆は落ち着かない様子で、ただリズとシルファの無事を祈っていた。

「まさか、リズとシルファが後れを取るとは思えねぇが……」

焦りからか、カインはいつもよりも早いペースで葉巻をたくさん吸っている。部屋が煙たくなってゆく。

二人のことが心配で、苛々《いらいら》した様子を隠すことができなかった。

「……もう駄目だ。我慢できねぇ。攻め入るぞ」

「はいっ！」

カインたちは完全武装をしてオークの洞窟に突入することを決めた。

その村の近くの山奥にその洞窟はあった。

カインたちはできる限り慎重に、しかし大胆にその洞窟の中に潜っていく。

ごつごつとした岩肌、かび臭い匂い、小動物が這《は》いずり回るわさわさという音。そんな洞窟の中を、カインたちは進んでいく。

「…………」

少し奇妙であった。

なかなかオークの群れに出会わない。

見張りもおらず、敵の姿を確認できないまま、カインたちは奥へ奥へと進んでいく。その静けさが逆に不気味に感じられた。

警戒レベルを引き上げながら、彼らは歩を進める。

そして洞窟の中に、とある部屋を見つけた。

「……っ！」

「シルファ……!?」

そこにシルファの姿があった。

「グェッヘッヘッヘッ！　惨《みじ》めなものだなぁオーク。姫騎士様よぉオーク……！」

「くっ……！　わ、私はお前らには屈しない！　辱めるくらいならいっそ殺せっ……！」

シルファはオークたちに捕らえられていた。

大勢のオークが彼女を囲み、鞭《むち》を手に持って下卑た笑みを浮かべている。

シルファは着ていたものを剥ぎ取られ、今は茶色いボロ布が胸と腰だけに巻かれている。見るも無残な姿となっていた。

両手を鎖で縛られ、足には鉄の重りが付けられている。膝を突いておしりを突き出すような格好となっており、あれでは逃げられそうにない。

彼女は完全に拘束されていた。

「くっ……!?」

カインたちは息を呑《の》む。彼らはオークたちに見つからないよう、物陰に身を隠しながらその部屋を覗《のぞ》き込んでいたが、その酷《ひど》い光景に体を強張《こわば》らせていた。

仲間を見つけたが、無事とは言い難い状況だった。

「グェッヘッヘッヘッ！　散々手こずらされたからなぁオークッ！　お前の体でたっぷり楽しませてもらうオークッ！」

「くっ!?　や、やめろぉっ……！　やめてくれぇっ……！」

シルファは苦しそうな声を上げる。

彼女の目の前にいるのはオークの上位種、オークキングという種族だった。通常のオークより一回り大きな体を持ち、圧倒的な力を有している。

こんな辺鄙《へんぴ》な土地にいるはずのない、想定外の存在であった。

「あ、あいつらぁっ……！」

レイチェルのこめかみにビキリと青筋が立つ。顔が憤怒の色に染まり、ハンマーの柄を

持つ手に強く力が入る。

全身が臨戦態勢となり、今すぐにでもその部屋に飛び込もうとしていた。

しかし……。

「待て、レイチェル。……何だか様子がおかしい」

そんな彼女をカインが止めた。

「……カイン？」

「…………」

カインは油断なくその部屋の内部を観察していた。

オークたちの様子、シルファの様子、その部屋の内部の様子。いろいろな情報を収集し、真剣な表情でじっと思考する。

仲間たちはそんなカインを見守り、指示を待つ。

「……まさか」

何か思い当たったのか、カインはゆっくりと立ち上がり、行動を開始した。

「え……？」

仲間の皆は少し驚かされる。

カインは落ち着いた足取りで、そのオークたちの部屋に堂々と入っていったのだ。

奇襲をかけるでもなく、戦闘態勢をとるわけでもなく、彼はオークたちの前にすっと姿を現した。

「あ」

「カイン様」

シルファとオークたちがカインに気付き、声を掛ける。

しかしそれはおかしいことだった。仲間たちが目をぱちくりさせる。

『カイン様』と声を発したのは、オークだったからだ。

「あー……」

カインが頭の後ろをぼりぼりと掻《か》きながら、オークの群れに話しかける。

「質問があるんだが……、もしかしてお前らって、リズ……？」

「はい、私です。リズです。カイン様、よくお気付きになられましたねっ！」

「…………」

リズを名乗るオークが低い声で嬉《うれ》しそうな様子を見せる。

唖然《あぜん》とする。

「変身魔法でオークの姿に化けてるんです。ここにいるオーク全部私ですよ。分身魔法で増えて、変身魔法でオークさんになっているんです」

「…………」

リズの説明に、カインは絶句していた。

つまりこの場にいるオークは全てリズが変身したもので、そんな彼女がシルファを囲んでいるのであった。どうやらここに純粋なオークは一匹もいないようである。

物陰から勇者パーティーの仲間が、ぞろぞろと姿を現す。

「おぉ、皆揃《そろ》って。どうしたんだ？　こんなところまで？」

「どうしたんだ、って……」

縛り付けられたままのシルファが皆に軽い様子で声をかける。縛られた状態であるものの、先ほどまでのような悲惨な様子は消え去ってしまっていた。

「あー……」

カインは葉巻に火をつけた。

「お前ら何やってんの？」

「『姫騎士とオークごっこ』です」

「はぁ？」

「グェッヘッヘッヘッ！　無様《ぶざま》なものだなぁオーク！　高貴なお姫様が野蛮なオラたちに穢《けが》される気分はどうだオーク？」

「くっ……！　私の体を弄《もてあそ》ぶ気だなっ!?　辱めるくらいなら……いっそ殺せっ……！」

「お前はもう一生オラたちのおもちゃなんだよぉオーク！」

バシンとオークが鞭《むち》を振るう。

「ぐあああぁぁぁぁっ……♡」

鞭がシルファの体を容赦なく叩《たた》き、彼女は叫び声をあげる。

しかしよく見ると、シルファの頬は紅潮していた。

とても楽しそうであった。

「……って遊ぶんです」

「いや、ちょっと待って？」

カインは頭が痛くなってきた。

「いろいろ質問していいか？」

「はいどうぞ」

「なんでも答えよう」

「まずオークどもはどうなったんだ？　元々この洞窟にいた、本物のオークはよ」

「それは私たちが全部倒しました」

「楽な仕事だったな」

「…………」

シルファの答えに、カインの眉間に皺《しわ》が寄る。

「……まぁいい。それはいい。現場の判断だ。だが集合時間に遅れたのはなぜだ？　遊んでる暇があったら間に合っただろ？」

「ん？」

「集合時間？」

シルファとオークがきょとんとする。

「カイン殿？　集合時間は明日のはずでは？」

「はぁ？」

何か勘違いがあったようである。

「あぁ、あれじゃないですか？　日付がまたがるあたりでスケジュール組み立てちゃったから、誤解が生じちゃったのでは？　私たちは明日だと思っていましたもの」

「……今後の改善点だな、こりゃ」

「ギョホホホホッ……！　仲間たちが貴様の無様《ぶざま》な姿を眺めているぞオークッ！　さぁっ！　オラたちに調教された惨《みじ》めなお前の姿を見せてやるといいオークっ！」

「くっ……！　皆、見ないでくれぇっ！　穢《けが》された私を見ないでくれぇっ……！」

「おい、遊ぶのやめろ」

カインは嫌になってくる。

「で？　お前らは何してるわけ？」

「だから『姫騎士とオークごっこ』です」

「だからそれはなんなんだっての」

「カイン様も一緒にいかがです？」

「やんねぇ」

何が何だか分からないが、カインは取りあえず拒否した。

「なるほど……、今流行《はや》りの『姫騎士』ものですか」

「知っているのか？　メルヴィ？」

カインはこの遊びの上級者らしい仲間に説明を求めた。

「近年、エロマンガ界で流行っているジャンルの一つです。高貴な身分である姫と勇ましい力を持つ騎士が合わさった存在、それが姫騎士。しかし、そんな貴い女性が野蛮で下卑た者たちにめちゃくちゃにされ、心も体も屈してしまう。その落差に思わず卑しい劣情と薄汚れた喜びを覚えてしまう……。そんなジャンルなのです」

「バカなんじゃねーの？」

カインは切り捨てるように言った。

マンガは印刷技術の発展と共に、近年世に広まってきている娯楽の一つである。そしてマンガの発展と共に性的な情景を描いたエロマンガというジャンルが生み出され、自然と世に広まっていった。

性的コンテンツは繁殖力がとても強かった。

「『姫騎士』なんて普通、想像上のものでしかないからな」

「そうですよね。一国の姫に、危険な騎士なんて職業に就かせるわけないですものね。倒錯していますよ」

「だから姫騎士なんてフィクションみたいなものなのさ。創作物の中か、こういうごっこ遊びでしか姫騎士というものは楽しめないのさ」

「おい、自分の存在を全否定するな」

シルファは正真正銘の『姫騎士』であった。

「戦いの才能があり過ぎたのがいけなかったんだな。私は姫でなくメイドになりたいというのに」

シルファは縛られた姿のまま、冷静に自分を分析した。

「うるせぇ」

「そして今の私はオークキングならぬ、サドオークキングなのですオークッ！」

「ちなみにカイン様はどうしてこのオークの群れが私だと気付いたのですか？」

「オークは人間に欲情しねーよ、普通」

「あぁ……。それは単純な理由ですね。創作ものに毒され過ぎましたかね、私」

オークの性欲の対象はオークだけである。

間違っても人間に対して劣情を催したりはしない。

最近のエロマンガではオークが人間の女性を性的に襲うものが出てきたりしている。そのため、オークは人間の女性を襲うという誤解が世間で広まり始めているが、それは創作物の中だけの話であり、現実ではオークは女性を辱めたりしないのだ。

「あと、オークさん、喋《しゃべ》れる個体でも、語尾に『オーク』って付けねぇから……」

「それは……私による分かりやすいキャラ付けの結果ですね」

オークには喋れない個体と喋れる個体がある。

普通は喋れない。知性が低く、動物のように本能に従って生きている。そういう個体は『魔物』と呼ばれる。

喋れる個体は知性が高く、『魔族』と呼ばれて区別される。社会制度が整っていたり、道具を扱ったり作ったりすることもできる。

知性の高い魔物が魔族であり、魔族は魔物の上位にいる存在であった。

「よし、じゃあさっさと帰るぞ。もうここに用はねぇ」

「えー」

「えー」

オークの巣が壊滅したというなら、もうカインたちの目的は達成している。帰るのは当然のことだが、遊んでいる二人は不満そうな眼をしていた。

「カイン様も『姫騎士とオークごっこ』やりましょーよー。本場のオークの巣でオークごっこなんてなかなか経験できないことですよ?」

「うむ、本場は臨場感が違うな。カイン殿も一緒にどうだ？」

「絶対やんねぇ。なにが本場だ」

「グェッヘッヘッ！　愚かな姫騎士様には熱くて白いドロドロをくれてやるオーク！ほぉれ！　あつあつのロウソクの蝋《ろう》だぞオークッ！」

「くっ！　あ、熱いっ……！　だ、だが私は屈しないぞぉ！　姫としての、騎士としての誇りのためっ！　心までは屈しないっ……！」

オークの持つロウソクの蝋がどんどんシルファの肌に垂れる。

「はぁはぁ♡　あ、熱い……たまらん……♡」

「屈してんじゃねーか」

姫騎士シルファは楽しそうであった。

「お前はもう一生オラたちの奴隷だオーク！　哀れな姫騎士様よ、一生オラたちが支配し続けてやるオークよ！」

「くっ!?　こんな野蛮な獣に一生支配されるなんてっ！　だ、誰か助けて……！」

「あ、シルファ様。後で私も姫騎士の役をやりたいので、もうちょっとしたら代わってくださいね？」

「あぁ、いいぞ」

「ゆっるい支配関係だな」

オークが姫騎士役を希望するという、なんとも不思議な場面が誕生していた。

「オ～クオクオクオ～ク♪　我らはつ～よいぞでっかいぞ～♪　敵～をバタバタ薙《な》ぎ払い～♪　淫《みだ》らな宴《うたげ》を開くのだ～♪　オ～ク～♪」

「うっせぇ」

「カイン様も姫騎士ごっこいかがですか？」

「やんねぇ」

「オーク側でもいいですよ？　カイン様、Sですし」

「やんねぇ。しつけぇ」

カインは頑《かたく》なに首を縦に振らなかった。

「じゃあメルヴィ様？　メルヴィ様は一緒にどうですか？」

「ふぇっ……!?」

急に話を振られ、メルヴィはおろおろと慌てふためく。

オークがずいとメルヴィに近づき、彼女は身をすくめる。

「え、えっと……そのその……」

「おいおい、メルヴィを巻き込んでやるなよ」

メルヴィはオークの巨体を前にして困惑している。身が縮こまり、この部屋で行われている常軌を逸したサバトにうろたえ、緊張してしまっている。

ただ、頬は赤らんでいた。

「じゃ、じゃあ、そのその……初心者コースで……」

「はい、分かりましたーっ！」

「………」

メルヴィは首を縦に振ってしまった。未体験の遊びに対する好奇心に勝てなかった。

彼女は『上級者』であった。

「レイチェル様はいかがですか？」

「は、はぁっ……!?」

白羽の矢が今度はレイチェルに向いた。

レイチェルは本気であたふたする。

「や、やらないわっ……！　絶対！　そんな意味不明な遊び、誰がやるもんですかっ……！」

「えー、一緒にやりましょーよー、レイチェル様ー。楽しいですよー？」

「うむ。レイチェル、とても楽しいぞ？」

「い、いやよっ！　絶対絶対絶対やらないわっ！　またあたしを弄《もてあそ》ぶつもりなのでしょっ!?　エロマンガのようにっ！　エロマンガのようにっ……！」

レイチェルが必死に首を横に振る。彼女の紫色のツインテールがぶんぶんと揺れた。

「そうですか……」

「ん……？」

オークがしゅんとする。

「残念です……。レイチェル様と一緒に遊べたら、とってもとっても楽しいと思ったのですが……」

「え……？　いや、その……？」

オークはがっくりと肩を落とし、見るからに悲しそうな表情を浮かべた。

目は垂れ、口角は下がり、心の底から残念だというような態度を見せる。本当にレイチェルと一緒に遊びたかったのだという感情が、その大きな体中から伝わってきた。

次いで、シルファが口を開く。

「私もレイチェルと一緒がいいと思ったのだが……でも、無理強いするのは良くないな……。皆で一緒だともっとずっと楽しいと思ったのが……仕方ないな……」

「シ、シルファまで……」

「レイチェルさん……、そんなにお嫌だとは……失礼いたしました……。ただ純粋にお仲間と一緒に遊びたいだけだったのですが……。とっても残念ですが、我慢します……」

「メ、メルヴィ……？　え、えっと、その……」

三人の女性がしゅんと肩を落とす様子を見て、レイチェルは動揺する。

「しょ、しょうがないわねぇっ……！」

顔を赤くしながら、彼女はふんと鼻を鳴らした。

「ちょっとだけなら付き合ってあげなくもないわっ……！　ちょっとだけ！　ほんのちょっとだけよっ……！」

「ちょろい」

「ちょろい」

「ちょろい」

「ちょろい」

「……あんたら、今なんか言った？」

「いやぁ？」

その場にいる者全員がすっとぼけた。

「では、皆様の許可も取れたということで……グェッヘッヘッヘッ！　新たな二人の姫騎士を捕らえたぞオークッ！　今夜は下劣な宴《うたげ》だオークッ！」

「ウオオオオオオオォォォォォォォオオッ……！」

「わっ!?　わわっ!?」

「きゃっ……!?」

部屋にいる大勢のオークが喜々として雄叫《おたけ》びを上げ、レイチェルとメルヴィを羽交《はが》い絞《じ》めにする。

「あ、設定どうします？　メルヴィ様は本物の聖女ですので聖女設定でいきますか？　それとも、姫騎士としてプレイしますか？」

「……姫騎士でお願いします」

「はーい♡」

今日のメルヴィは、いつもと違う自分になりたい気分だった。

「はい！　それじゃあ男性陣は撤退してくださーい！　レイチェル様が参加するとなったら、カイン様にも見せられないんですからねっ！」

「……明後日《あさって》の昼にあの村出発するから、それまでには帰ってこいよ？」

「はーい」

四人からのんきな返事が返ってくる。

カインはまるで問題児の面倒を見るお母さんだった。

「グェッヘッヘッ……！　いい女ばっかりじゃねーかオークッ！　こいつらの顔が絶望に歪《ゆが》む瞬間が楽しみだオークッ！」

「こ、これは……意外と迫力ありますね……」

「ちょ、ちょっと怖いかも……？」

巨体のオークの群れに囲まれ、新人二人が少し息を呑《の》む。

「や、やめろぉっ……！　私の仲間に手を出すなっ！　やるのなら私だけにしろっ……！」

「うるさいっ、女ぁっ……！　まとめて遊んでやるから、覚悟するオーク！」

「んんんんんんんんんんんっ……♡」

鞭《むち》がバシンと鳴り、シルファは嬉《うれ》しそうな声を上げた。

「……帰るか」

男性陣たちが背を向け、とぼとぼとオークの巣から出ていく。

こうしてオークの襲撃に脅えていた村は、勇者たちの活躍によって平和を取り戻したのであった。

第34話　【現在】冒険者ギルドの裏施設

夜、高い建物の隙間から、星が輝く空が見える。

整備された石畳の道をゆっくり歩くと、靴の底が路面を叩《たた》き、こつこつと小さな足音がする。

静かな夜の街に響く微《かす》かな音。

そんなささやかな光と音を楽しみながら、私たちは夜の街を歩いていた。

「カイン様？　こんな夜にどちらに向かわれるのですか？」

「まぁ、待て、リズ。それは着くまでは話せねぇ」

今、私の隣にはカイン様が一緒にいる。

この夜の散歩は、カイン様からのお誘いであった。

今日、夜の時間帯に会えないか？　ちょっと付き合ってほしい所があると言われ、もちろんすぐに私は二つ返事。

ウキウキして、この夜の時間を待ったのだった。

放課後すぐ美容院に直行し、髪を整えてもらったりしている。

私の気合は十分であった。

しかも目的地は教えてもらえていない。

着くまでのお楽しみ、という感じだろうか。

この暗い夜の中で、私はずっとそわそわとしていた。

「それはそれは。楽しみにしておきます」

「……いや残念ながら、着くまでお楽しみー、みたいなノリではねぇぞ？　仕事上必要なものだから、別に期待とかはするな」

「え？　あ……、あぁ、そうなんですか。……なーんだ」

仕事、という言葉を聞いて、ガクッとテンションが下がる。

サプライズとか、おしゃれなレストランとかを少し期待していたが、そういうものではないらしい。

もしかして、あわよくばデートのお誘いかなとも思っていたのだが、胸が弾んでいたのに、がっくりする。

ちょっと残念……。

「……なんか誤解させたらしいな。悪いな」

「いえ、別にいいんですけどー……」

星の輝きが少し鈍くなったように感じた。

「ここだ」

そんなことを考えていたら、目的の場所に辿《たど》り着いたらしい。

カイン様がとある店の前で足を止める。

「ここは……会員制のバーですか？」

そこはこじんまりとしたお店だった。

年季が入っているのか、建物には傷がつき汚れている。ドアの塗装もあちこち剥がれかかっており、お店だというのに人を遠ざけているように感じてしまう。

扉には小さな看板が掛かっていた。

『会員制Ｂａｒフラガラッハ』

「…………」

失礼ながら、眉間に皺《しわ》が寄るのを自分でも感じてしまう。

女性をエスコートするにはあまり良い印象の場所とは言い難いだろう。もしかしたら内装がオシャレなのかもしれないが、外の感じからはそんな気配は一切ない。

年季が入っていてオシャレ、ではなく本当にただ小汚いのだ。デートでここに連れてこられたらガッカリしてしまう。

いや、デートではないらしいのだが……。

カイン様は躊躇《ちゅうちょ》なくその店に入っていった。

「いらっしゃい」

中から渋いおじさんの声がする。

「このバーは会員制だけど、お客さんは会員……って、カイン君か」

「邪魔するぞ」

どうやらカイン様はこの店では顔馴染《かおなじ》みのようだった。カイン様は会員証を取り出していたが、あまりチェックされずにすんなりと迎えられた。

「………」

残念ながら、内装もあまり良い雰囲気の店とは言い難かった。

外装と同じように店の中は汚れ、あちこちが傷んでいる。

会員になってまでこの店は使わないだろう。それが率直な感想だった。

「その後ろの女性は？　カイン君の彼女かい？」

「えっ……!?　あの、そのっ……!?」

「うっせぇ、さっさと奥に通せ」

「はいはい」

私は一人照れる。

いえ、ただの学友です、と心の中で呟《つぶや》く。カイン様は全く気にする様子はなく、普通に落ち着いていた。

そういうことを言われるのに慣れてるのかな？

「……って、あれ？」

そこで私は少し戸惑う。

席に着いて何か飲み物を注文するのだろうと当然のように思っていたのだが、二人の様子は少し違った。

座ろうとせず、二人は店の奥の方へと足を進める。

店の中に客はいない。手近な席に座ればいいのに、二人はただ店の奥の方へと進んでいく。どの席に座ろうかと考えていた私は慌てて二人に付いていく。

そして、店の奥の突き当たりにある古びた扉をマスターが開けた。

「こちらへどうぞ……」

それはとてもひっそりとした印象の扉であった。

従業員用の扉です、と言わんばかりにその扉は薄汚れていて、全く手入れがされていない。客が出入りする扉だとは思えないほど、存在感が薄かった。

しかも鍵付き。

本当に客が使う扉なのかと疑問に思うが、マスターが私たちを促す。

カイン様は一切戸惑う様子を見せず、中に入ってゆく。

「………」

彼に置いていかれないように、私も続いて入った。

「……え？」

そして驚かされる。

「な、なんなんですか、ここ……？」

その扉の奥は、地下に続く階段となっていたのだ。

薄暗く、どこまで下りるのか分からないほど長い階段。カンテラの赤く淡い光が点々と光っており、闇の奥へと続いている。

なんだここは？

バーではないのか……？

「では、ごゆっくり……」

「え？　ちょっ……!?」

そう言って、バーのマスターは扉を閉めた。

どういうわけか、マスターは付いてこない。ご丁寧に鍵までかけられる。その階段に私とカイン様は二人っきりで残される。

「ど、ど、どういうことですか!?　カイン様!?　ここはバーじゃないんですか……!?」

「取りあえず付いてこいよ。階段を下りればすぐに分かる」

カイン様はなんでもないように自然な感じで階段を下っていく。慌てて私はそれに付いていく。

周囲はほの暗い。

カンテラの明かりは頼りなく、足元がよく見えなくて不安になる。足を滑らせないように気を付けながら階段を下る。

石造りの無骨な階段だ。私は一体どこに連れていかれるのだろうか。まるで地下の不気味な牢屋《ろうや》に向かっている囚人のような気分になってくる。

ごくりと息を呑《の》みながら、ただカイン様に付いていく。

「着いたぞ」

階段を下りきり、カイン様がそう呟《つぶや》く。

目の前にあるのは大きな扉だ。

古ぼけた大きな扉。

といっても先ほどのバーの外装のようにただ汚れているのではなく、こちらは年季が感じられ、風格すらある。

カイン様がギギギ、と重い音を立て、その扉を開ける。

その奥から光が差し込んでくる。

「いらっしゃーいっ！」

「え……？」

地下階段の奥は広い空間となっていた。

眩《まばゆ》い光がいくつも並び、広い空間を明るく照らしている。たくさんの人がそこにはいて、いくつものテーブルと椅子が並び、そこで皆様が赤い顔でお酒を飲んでいる。

店の奥にはバーカウンターが見える。棚にずらっと酒瓶が並び、あちこちから料理の良い匂いが漂ってくる。

ここは酒場だ。すぐに分かった。

床は木張り、壁は石造り。店の雰囲気だけで察することができる。

ここは長年続いている老舗《しにせ》だ。

入口の扉と同じように、長い年月によって染みついた汚れや傷が良い味となって店の雰囲気を作っている。

学園街の地下にこんな店があったなんて……。

驚きにただ目を丸くする。

「あ～ら、いらっしゃい、カインちゃん～」

「え……？」

ただ、もっと目を丸くすることがこの店にはあった。

声を掛けてくる店員がとても奇抜な格好をしていたのだ。

着ているのは花柄の派手なドレスである。肩や胸元が大きく開いており、露出度が高いと言っていいだろう。

それはいい。それは問題ない。

「…………」

ただ、その店員さんが男性なのが問題だった。

女性用のドレスを着ているというのに体は屈強。露出している肩や胸には逞《たくま》しい筋肉が付いている。胸は膨らんでいるが、詰め物をしていることがひとめで分かる。

口元にはうっすらと青く髭《ひげ》が生えている。それなのに、派手で濃い女性用のメイクをしている。唇には、やり過ぎってくらいに赤い口紅が塗りたくられており、光が反射しててかっている。

ここは、なんだ……？

一体、なんなんだ……？

目の前の店員さんがしなを作りながら声を出す。

「ようこそぉ～っ！　オカマバーへ～！」

「えっ……ええええええええええええええええっ……!?」

今日、私はカイン様にとんでもない所に連れてこられたのだった。

店員のオカマさんに促され、私はカイン様の横に座る。

私の体はビクビクと震えている。完全に怖《お》じ気《け》づいてしまっていた。私の隣にオカマさんが座り、お酒を注いでくれる。

「んま～！　なんてカワイイ子っ！　食べちゃいたいわ～！」

「ひっ……！」

異様な店員さんの一挙手一投足に怯《おび》えてしまう。

失礼なことなのかもしれないが、しかしオカマさんという慣れない存在に、体がどうしても強張《こわば》ってしまっていた。

「ちょっとは手加減してやってくれ。このリズはこういうとこ初めてなんだ」

「んま～！　初々《ういうい》しい！　でもまぁ、仕方ないわねぇ。オカマバーなんて世界中でもかなり珍しいし。最初は皆こんなもんよ」

「確か、この国以外では犯罪者扱いのとこが多いんだろ？　オカマって」

「そうねぇ。悪魔憑《つ》きとか言われて火刑にされたりするわぁ。ここは良い国。感謝感謝。感謝が大事よね～、いつだって」

カイン様とオカマさんが私を挟んで会話する。

軽い口調で重い話である。

でも二人が話している通りだ。オカマという存在は極めて珍しく、私も話でしか聞いたことがない。そういう文化がなんとか認められるようになってから、まだ日が浅い。

だけど、この店にはたくさんのオカマさんがいらっしゃる。

オカマの店員さんが忙しそうにしながら、しかし楽しそうに、客と語らったり笑い合ったりしている。

噂《うわさ》のオカマバーというものがこの学園街内に存在していたなんて……。

驚きと、少しの感動を覚えていた。

「まずは初来店のリーズリンデちゃんに自己紹介しないとね。あたしの名前はハッピー！この店の店長なんかをしちゃっているわん！　よろしくねんっ！」

「あ、はい……私はリーズリンデです。学園の二年生です。よろしくお願いします……」

ハッピーさんとおずおず握手をする。

彼女の手はとても大きく、ごつごつとしていた。

「ま〜、リーズリンデちゃんのことは知っているわん。学園では大人気美少女だものね」

「え……？」

「ここはいろいろな情報が集まってくる場所だから、学園の中の大抵のことなら知ってるわん。いや、情報が集まってくるというより、集めているんだけどね〜ん！」

「……？」

ハッピーさんがウインクする。

バチコン！　と音がしそうなほど、力強いウインクだった。

「本店のシステムを説明しちゃう？　どうする？　しちゃう？　しちゃわない？」

「え、えぇっと……」

「さっさとしろ」

「やだぁ～！　カインちゃん、せっかち～！　おっかない～っ！」

カイン様がぐびりと酒を飲む。慣れた手つきでハッピーさんがおかわりを注ぐ。

「ここはね、リーズリンデちゃん、ただのオカマバーじゃないの。実は重大な秘密を抱えたオカマバーなの」

「ま、まぁ、オカマバー自体がただの店ではありませんもんね……？」

「やっだぁ～～～！　この子可愛い顔して言うこと言うわ～～～んっ！　でもでもぉ、そういうこと言いたいんじゃないのぉ～！　本当に特別な役割があるのよんっ！」

ハッピーさんが私の背中を叩《たた》きながら大きく笑う。

やはり力強い。手加減してくれているのだろうけど、私の体がぐわんぐわんと揺れる。

「この店はね、冒険者ギルドが管理している特別な酒場なのよん」

「え？　冒険者ギルド……？」

「そう、この街の大きな大きな冒険者ギルド。実はこのオカマバー、冒険者ギルドお抱えの裏クエスト発注所なのよんっ！」

「う、裏クエスト発注所……!?」

オカマバーとは全く関係のないような重要な施設の名前が出てきて、少しびっくりする。

ハッピーさんが説明をしてくださる。

「ここはね、S級以上の超高難易度クエストを専門として扱っている、冒険者ギルドの一部なの」

「え、S級以上……」

「そ。実力のない者には受けることのできない凶悪ミッション。それらを扱うのが、認められた者しか入れない秘密のクエスト発注所兼オカマバーってわけ」

「…………」

なるほど、この地下酒場の存在理由は分かった。

地上のバーが会員制だったのも、冒険者ギルドに認められたS級以上の冒険者しか入ってこられないようにするためだろう。

いろいろ納得できる。

「んでね、そういったすごく難しいクエストっていうのは、一般公開できないものが多いのよん。実力のない者には存在を知らせることすらできない。大きな団体とか、国とかが依頼者だったりするからね～。そういう秘匿《ひとく》性の高いクエストを扱うためにこんな隠れた場所を拵《こしら》えたってわけ」

「……ということは、ここにいるお客さんは、皆様S級以上の冒険者なんですね？」

「そ～なのよぉ～！　やっぱい実力者ばっかりよぉ～！　もうちびっちゃいそうっ！」

「…………」

ハッピーさんがけらけら笑う。

ちびっちゃう発言は置いておいて、私は周りを見渡して息を呑《の》む。

ここにいるほぼ全ての人がS級以上という超一流の人間なのだ。そう思って見ると、なるほど、ここにいる人一人一人から強い存在感のようなものを感じる気がする。

これが超一流の放つオーラなのだろう。

……いや、一番存在感を放っているのは店員のオカマさんたちなのだが。

「んで、リーズリンデちゃんの今の立場はカインちゃんからの紹介枠。顔合わせは済んだけど、カインちゃんとか本当の会員証を持ってる人が一緒じゃないとここには入れないから、注意してねん！」

「はい。分かりました」

「リズは俺たちのチームに見習いみたいな形で加入させた。これからここを利用する機会も増えると思うから、よろしく頼む」

「オッケー！　皆のお気に入りなのね、リーズリンデちゃん！」

「ははは……」

お気に入りと言われ、ちょっと照れくさくなってぽりぽりと頬を掻《か》く。

「ところで一つ質問いいですか？」

「どうぞ～！　なんでも聞いて～？」

話を聞いていて疑問に思ったことをぶつけてみる。

「ここがどうしてこんな地下にあるのかとか、どういう役割を持っているのかとか、そういうことは分かったのですが……、ここがオカマバーである必然性がいまいち分からなかったのですが……？」

「それは……」

私の質問に、ハッピーさんがふっと目を伏せ、口を閉じる。

一瞬、陰鬱な空気が流れる。

あ、あれ？　もしかして聞いちゃいけないことを聞いてしまった……？

「それは……」

「それは……？」

「それは……」

「………」

彼女が顔を上げた。

「……店長であるあたしの趣味で～～～～すっ！」

「………」

ハッピーさんが高いテンションでそう答えた。両手でピースサインを作り、ウインクまでしている。

私は無言でハッピーさんの肩を叩《たた》いた。

「痛い！　痛いわ！　リーズリンデちゃん……！」

ちょっとだけイラっとした。

全然深い意味はなかった。

「リ、リーズリンデちゃん、なんかこの店に順応するの早くないかしらっ!?　この店に慣れるのって普通もっと時間がかかるものなんですけどっ……!?」

「んー……？」

大袈裟に肩を押さえるハッピーさんの問いに、私はちょっと考えてみる。

確かにこの店に入った直後はかなり緊張していたのだが、今はもう大分落ち着いている。この店の雰囲気にも慣れてきた。

「……そうですね、ハッピーさんの姿にも結構慣れてきました。最初はおどおどしてすみませんでした」

私は小さく頭を下げる。

「な、なんていう子……。オカマという存在が浸透していないこの世の中、私たちのような異端の存在に慣れるのは剛の者でも最低一週間はかかるというのに……」

　ハッピーさんが少し戦慄《せんりつ》している。

　んー……？　そんなにおかしいことだろうか？

　普通に見慣れただけなのだが？

「リズは適応力の化け物だからな」

「そ、そうなの……？　カインちゃん？」

「あぁ。リズの手にかかればどんな特殊な性癖だろうとすぐに咀嚼《そしゃく》し、自分のものにしちまう。それどころか新たな性癖を自分で生み出す怪物だよ、こいつは」

「ひ、ひえぇぇ……」

　ハッピーさんがさらに戦慄する。

「ちょっと！　カイン様！　嘘《うそ》言わないでくださいっ！　私はそんな変態みたいな人じゃないですよ！　至って普通の学園生ですっ！」

「ふ、普通……？」

「普通かぁ？」

　私は抗議するけれど、なぜか二人から疑惑の眼差《まなざ》しを向けられる。

　なぜだっ!?　私以上に慎ましく、清く正しい学園生活を送っている人などほとんどいないというのにっ……！

「まぁ、リズはこういう奴だ。これから世話になると思うから、よろしく頼む」

「わ、分かったわ。舐《な》めてかかっちゃいけないってことね。よろしくね、リーズリンデちゃん！」

「違いますって！　私は普通の学園生ですっ！」

なんで店の雰囲気に慣れただけで驚かれなければならないのだっ……！

それはそれで置いといて、私は改めてハッピーさんと握手を交わした。

「……で、リズの顔合わせも終わりだ。そろそろ本題に移ってもらうぞ」

「本題？」

カイン様が真剣な表情になり、ハッピーさんの方に視線を向ける。

彼女もまた顔を引き締める。

「俺は今日、この裏冒険者ギルドに呼び出されてここに来た。俺らを指名して発注するクエストがあるんだろう？　リズを連れてきたのはそのついでだ」

「そ、そうですか……」

私はついでだった。

デートだと浮かれていた私の気分はどこへ。

……いや、デートでオカマバーに連れて来られてもすっごいびっくりするだろうけど。

「分かったわ。詳しい内容を話すから、奥の部屋まで付いてきて」

ハッピーさんが立ち上がり、私たちは彼女の後を追う。

酒場の大広間のとある扉を入る。ここは既に地下の奥深くだというのに、ここからさらに奥へ奥へと入っていく。

細く長い通路を通り、酒場からも話が絶対に聞こえないような奥の個室へ。オカマバーの激しい喧騒《けんそう》すら、もう私たちの耳には入ってこなくなる。

ハッピーさんに連れられ、私たちは小さな個室に辿《たど》り着いた。

「さぁ、好きに掛けて」

そこは机と椅子、小さな棚があるだけの質素な部屋だった。魔術的な防音すら施されており、位置的にも魔術的にも絶対外に音が漏れないような仕組みになっている。

今まで一体、この部屋でどんな秘密の話が交わされてきたのだろうか。

恐らく国家の問題に関わるような重要な機密事項も話し合われてきただろう。長い年月を経たこの地下室の存在意義、実力者しか入れない秘密の場所。

あらゆる要素がこの場所の重要性を感じさせる。

自然と背筋が伸びるのを感じた。

カイン様が席に着く。私もカイン様の隣に座る。

最後にハッピーさんが対面の椅子に座り、秘密の話が始まった。

「まずこの話の依頼主はこの学園街の領主、そして冒険者ギルドのギルド長、フォルスト学園の学園長の三名の連名ということになっているわ。今はね」

「おいおい、この街のトップ権力者全員じゃねーか。なんだ？　この街が滅びそうなほどの危機なのか？」

「もっとやばいかもしれないわ。街じゃなくて国が、いえ、世界が滅びそうなほどね」

「…………」

カイン様が口をギュッと結ぶ。

確かに、依頼主の名前を聞く限りただ事ではない。

依頼の発注がこの中の誰か一人だけだとしても、普通その依頼を断ることなんかできないだろう。

それを、念には念を入れた形で三人の連名。

絶対に断ることのできない、いや、勇者様に絶対断ってほしくない依頼ということだ。

「今、王城の方に報告の使いを出しているわ。返事が返ってきたら、国王も依頼主に入るかもしれない。でも、いちいち報告なんて待ってられないから、まずあなたに相談をしているのよ」

「もう前置きはいい。本題を話してくれ」

「……分かったわ」

ハッピーさんが小さく息を吐く。

「事の起こりは、先日学園街の外れの土地で、大きな空間の歪《ゆが》みが感知されたことよ」

「空間の歪み？」

「そう。領主の騎士団と冒険者ギルドは、すぐにその場の調査に駆けつけたわ。空間の歪みはすぐに確認できた。しかし、それが何なのかよく分からない。どこか遠い遠い場所に繋《つな》がっているということは分かるのだけれど、どこに繋がっているのかも全然分からない。分かったのは、それが超高度の魔術によって意図的に作られたということだけ。魔術が複雑過ぎて、冒険者ギルドの魔術師では全容は解明できないって言っていたわ」

「…………」

「空間の歪みの先に飛ぶことはできなかった。覗《のぞ》くこともできない。多分、その魔術を使った術者の許可が必要なんだと思うわ」

突然発生した空間の歪み。

普通、空間なんて歪むものじゃない。

空間魔法というものは一般的に存在する。しかし、それは二つの地点で念入りに下準備をして、時間をかけて発動させる魔法である。

しかし、おそらくこれは違う。

どこか一方の地点から無理やり空間を接続したのだ。下準備もなく、魔法陣も敷かず、向こう側から強引に空間を捻《ね》じ曲《ま》げて繋げてしまった。

そのため、空間が歪《ゆが》んだ。

それを魔術によって意図的に作り出すなんて、常識では考えられない。一体どれほどの魔術師ならばそんなことが可能なのだろうか……？

「で？　なんだ。その空間の歪みの調査を俺らにやれっていうのか？」

「いいえ。今ではもう、その空間の歪みが何者によって作られたか判明しているわ」

「ん？」

「その空間の歪みの先から、使者が現れたの」

「使者……？」

彼女の目が鋭く光る。

「……魔王の使者を名乗る、魔族が」

「魔王っ……!?」

「……へぇ」

私は驚き、カイン様はにたりと笑った。

「魔王の使者はその場にいた調査団に向けて語ったわ。この空間の歪みの先にあるのは魔王城であり、我らは勇者たちの訪問を待っている、と」

「魔王城……？　本当に……？」

「魔王の要求は一つ。『勇者よ、決闘をしよう』とのことらしいわ」

「…………」

「…………」

私たちは沈黙した。

私の体はいつの間にか震えている。

人族最大の敵、魔王。

そんな存在が、こんなにもあっさりとこの街にコンタクトを取ってきた。

学園街の街外れの空間の歪みの先……それはつまり、ここから目と鼻の先に魔王城があるのだと言っても過言ではない。

「…………」

私たち人族全体の悪夢が、私たちの知らない間にすぐ近くに忍び寄っていた。

最終目標だと思っていた魔王が、すぐ傍《そば》でこちらを窺《うかが》っている。

額から汗が流れるのを止めることはできなかった。

「いいじゃねえか。面白くなってきやがった」

「…………」

ただ、この場でカイン様だけが嬉々とした様子を見せていた。

「……どうする？　カインちゃん？　こんなの罠《わな》だと思うけど……」

「…………」

カイン様が腕を組み、少しの間考える。

しかし、すぐに結論を出した。

「いや、攻める。罠《わな》にしては状況がおかし過ぎる。罠っていうのはその切っ先すら悟らせないように慎重にやるもんだ」

「そうね」

「恐らくこれは魔王側の都合だ。あちら側にそうせざるを得ない状況が発生していると考えるのが普通だろう。何か理由があって、魔王は俺との決着を急がざるを得なくなった。だから、こんな無茶苦茶な状況が生まれているのだと思う」

「そうね。ギルド側でもそんな見解だったわ」

「もちろん罠に対する対策はする。こっちが敵地を攻めることで起こりうる罠っていうのはある程度範囲が決まってくる。対応策は取れる。心配すんな」

そう言いながらカイン様は葉巻に火を付ける。

狭い部屋の中がすぐに煙たくなる。

「魔王とやるのはこれで二度目だ。今度こそ確実に息の根を止めてやるぜ」

「…………」

勇者一行は一年ほど前に魔王と戦ったことがある。

魔王に大きな傷を負わせたという二ュースに、人族全体が大いに沸いたものだ。

勇者チーム側に大きな被害はなかったため、その戦いは勇者たちの完全な勝利であるとされている。

しかしこの戦いについて伺おうとすると、勇者様たちはなぜか口が重くなるという話もよく聞かれる。

何か勇者様たちも大きな傷を負ったのではないか？　世間一般には知られていないような大きな傷を。

世間ではそんな噂《うわさ》も囁《ささや》かれていた。

「…………」

カイン様の横顔を眺める。

瞳の中には激しい闘志の炎が燃え盛っている。

今すぐにでも戦いたい、魔王を斬り裂いてやりたい、という思いが溢《あふ》れているかのようだった。

拳はぎゅっと握られ、強く力が入っている。手の甲の血管が浮き出て、肌が少し赤くなっている。

その姿はまるでリベンジに燃える復讐者《ふくしゅうしゃ》のようであった。

「……でも魔王城って、強大な結界で封印が為されているんですよね？　それは大丈夫なんですか？」

「…………」

少しカイン様のやる気を削ぐかのように、私は素朴な疑問をぶつけてみる。

魔王城は現在、封印によって外部の攻撃から守られており、カイン様たちはそこに手を出したくても出せない状況となっている。

しかし、その封印を解く秘宝がこの学園街の奥に隠された、ＳＳＳ＋級の超級難易度ダンジョンの最下層に眠っている、と言われているらしい。

そのため、カイン様たちはそのＳＳＳ＋級の超高難易度ダンジョンを定期的に攻略し続けている。カイン様たちがこの学園に編入した大きな理由の一つでもある。

その封印を解く秘宝なくして魔王城の中に入れるのだろうか……？

「……まぁ、あっちから招待されてるっていうのに、封印に阻まれることはないだろ？」

「それはまぁ、そうなんですが……」

「封印解いてくれてるんじゃね？」

なんか緩い回答が返ってくる。

カイン様も自分で言っておいて納得できていないのか、眉間に皺《しわ》が寄り、しかめっ面になっている。

「リーズリンデちゃんは魔王城の封印について知っているのね。あたしもＳＳＳ＋級のダンジョンの話を知ってるから、ぼやかさなくて大丈夫よ？」

「あ、そうなんですか？」

ＳＳＳ＋級ダンジョンについては、一般には公開されていない。

だから余計なことを言わないようにカイン様と会話をしたが、ハッピーさんも知っているとなれば何の心配も要らなかった。

「そういう意味でもこれはチャンスだ」

カイン様が言う。

「ＳＳＳ＋級のダンジョンを攻略しきるまで、まだ二年近くかかる見込みだ。無駄に時間をかけて不利な状況になったら困る。ここらで決着をつけちまいたい」

「……本当に、本当に気を付けてくださいね、カイン様」

「分かっている。おい、ハッピー……」

「なにかしら？」

カイン様が立ち上がった。

そして私たち二人を見下ろしながら、言った。

「改めて、この魔王討伐任務受けてやるぜ」

彼が獰猛《どうもう》な笑みを見せる。

戦いの火蓋が切られようとしていた。

それから二日が経過した。

カイン様たちはその二日で魔王城攻略の準備を進めていた。あらゆる罠《わな》を想定し、考え得る全ての罠に対する対抗手段を用意していた。

戦いに使う武具やアイテムなども、完璧にチェックする。

さすがは勇者一行というべきか、この平和な学園街の生活の中においても、武具やアイテムは完全な状態で備えられていた。

いつどんな時に戦いが起こっても対応できるように準備をしている。戦いに対する心構えが他の者とは違っていた。

私にできるお手伝いといえば、ちょっとしたお使い程度だった。

魔王城攻略メンバーはカイン様、シルファ様、レイチェル様、ミッター様、ヴォルフ様の五人である。

怪我《けが》の影響でまだ本調子とはいえないメルヴィ様とラーロ様は、お留守番である。その二人は敵の罠に備えて学園街を守る役を担い、代わりにヴォルフ様が攻略メンバーに参加する。

私？

私ももちろんお留守番である。見習い程度の人間は居残りに決まっている。

あらゆる準備が整い、遂に魔王城攻略のときが訪れた。

「じゃあ、行ってくる」

「本当にお気を付けて、カイン様……」

「おうよ」

学園街の外れの土地。大きな外壁に囲まれた学園街の、その外の土地であり、周囲一帯が見晴らしの良い原っぱとなっている。

遠くには背の高い山々が見える。山が風を運び、心地よくも力強い風がびゅうと吹く。

「うむ、決闘日和《びより》の一日だ」

シルファ様が言った。そういうものなのだろうか？

カイン様たちは今日、戦闘用の服を着用していた。見慣れた制服姿ではない。

冒険の旅をしている時に着用していた服で、軽くて丈夫で動きやすく、戦闘向きの実用的な服らしい。

皆様いつもと違う服装でなんだかとても新鮮な感じがします、と私が言うと、なぜか皆様に苦笑された。

……なんでだろう？

空間の歪《ゆが》みの周囲には領主様の騎士団が見張りとして立っており、簡易ではあるが拠点を築いている。魔王城に通じている空間の歪みに誤って近づく者はいない。

邪魔者のいない戦いが始まろうとしていた。

「よし、行くぞ、お前らっ！」

「おぉっ！」

気合の入った叫び声が上がる。

そして、カイン様たちは空間の歪《ゆが》みの向こう側に姿を消していった。


私たちは帰路につく。

カイン様たちの見送りに来たメルヴィ様、ラーロ様と一緒に学園街の中へ戻っていく。

私たちにやれることはない。

ただカイン様たちの無事を祈ることだけだ。

私は取りあえず学園の寮に戻ることにする。ホテルに戻るメルヴィ様とラーロ様とは、途中で別れる。

「…………」

ゆっくりと学園街の中を歩く。

ここは平和だ。

賑《にぎ》やかな学生たちの声が響き、人々が何も変わらない日常を謳歌《おうか》している。

今、勇者様たちが世界の命運を左右する戦いに身を投じているなんて、誰も夢にも思っていないだろう。

いつもと変わらず空は高く、清々しいまでに青い。

こんなにも街の中は平和だというのに、この目と鼻の先で非常に困難で高レベルの戦いが幕を開けようとしている。

そんなことに私は妙なおかしさと、消えない不安をどうしても感じてしまうのであった。

「ん……？」

そんな中、とある人物を見かける。

クオン様だ。

最近編入してきた学園生で、編入初日に問題を起こして騒ぎになっていた。

「…………」

クオン様は私の歩く方向の先にいる。

何をしているのだろう？

その場にじっと立ち止まり、身動きしない。

まるで私の行く先に立ち塞がっているかのようだ。

いや、そんなことはないだろうけど。

「…………」

彼女の体はこちらを向いている。

私のことを見ている？

でも、私とクオン様は何の接点もない。こちらが一方的に知っているだけで、会話すらしたことがない。

まるで私を待っていたかのようだが、理由は思い当たらない。何をしているのか分からないが、私には関係ないことだろう。

同じ学園生として会釈ぐらいはするべきだろうか？

そんなことを考えていた時だった。

「お主がリーズリンデじゃな？」

「……？」

クオン様に声を掛けられる。私に対する問いかけであるのは明白だ。

少しびっくりして私は足を止める。

え、えぇっと……？

なんて返答したらいいのだろう？

迷っていると、クオン様の方がアクションを起こす。

腕を上げ、手のひらを私の方に向ける。彼女の手には魔力が集まり、何かの魔術を発動させようとしている。

困惑する中で、彼女が小さく口を開く。

「お主も招待の対象じゃ」

そう言って、にやりと笑った。

「え……？」

疑問の声を上げる間もなく、クオン様の魔術が発動する。

彼女の手のひらを中心に空間が歪《ゆが》んでいく。先ほど学園街の外れで見た空間の歪みによく似た魔術の匂いを感じ取る。

その空間の歪みに私の体がなす術《すべ》もなく巻き込まれていく。

「な、なんでっ……!?」

声を上げれども、何もできない。

私の体が歪んでいく。いや、地面が、建物が、空が、周りの景色の全てがぐにゃりと歪んで見えている。

超高度の空間魔法。それだけは認識できる。

だけどあまりに突然のことで、私は何もできず、ただ空間の歪みの中に沈んでいく。

「クオン様!?　あなたは一体……!?」

歪んだ景色の中で、彼女の姿を見る。

ただ獰猛《どうもう》な笑みを見せる彼女の姿がそこにあった。

そこで、私が見ている全ての景色が暗闇の中に沈んだ。

「……はて？」

気が付いたら、見知らぬ場所で尻もちをついていた。

今さっきまでいた学園街とは様子がまるで違う。

空にはこの世のものとは思えないほど禍々《まがまが》しい黒色がうねっており、遠くに見える大地は荒寥《こうりょう》として、見たことのないくすんだ色をした雷が降り注いでいる。

人間の住むような土地とは思えない。

魔族領。

その単語が頭の中に浮かぶ。

目の前には巨大な城の扉がそびえ立っている。十メートル近くはあるとても大きな扉。

この一部分だけで目の前にある城がとんでもないスケールであることが分かる。

「お、おい？　なんで……？」

「……！」

背後から困惑した声が聞こえてくる。

体をぐるりと回して、声のした方に顔を向ける。

そこには魔王城攻略に赴いたはずのカイン様一行の姿があった。

「リズ！　どうしてこんな所にいやがるっ!?」

「……?」

私を含め、誰一人現状が理解できない。困惑して皆で首を捻《ひね》る。

「……?」

ただただ皆一緒に戸惑う。

しかし、一つだけいえることがある。

未熟な私が魔王討伐戦という、とんでもない戦いに巻き込まれてしまったということであった。

第35話　【現在】第一の障害、狂犬ケルベロス！

「それでですねっ!?　クオン様が魔術を放ったら空間が歪《ゆが》んで、気がついたらここにっ……！」

「…………」

魔王城の玄関の前で、私はカイン様たちに今あったことを説明する。

予想外の出来事に、皆様が腕を組んだり顎に手を当てながら考え事をしている。

クオン様という想定外のピースの登場に、皆様が戸惑いを見せていた。

「……ヴォルフ、お前クオンって奴に見覚えはあるか？」

「いや、魔王軍大隊長をしていた頃も、彼女の姿は見たことない」

カイン様の問いにヴォルフ様が力なく首を振る。

ヴォルフ様は以前、魔王軍に所属していた。しかし、クオン様のことは全く知らないようである。

彼女は一体何者なのか？

謎の編入生は、想像よりもずっと謎の多い存在だった。

「取りあえず、リズをどうすっかだ」

カイン様は話を進める。

「先に言っておくと、空間魔法の罠《わな》に対する術は用意している。俺たちがどこにいようとも、パーティー全体を指定した場所に強制転移させるアイテムを使うことはできる。これを使えばリズを安全に学園街に戻してやれる」

「おぉっ！」

カイン様がカバンの中から球体の宝珠、オーブという名のマジックアイテムを取り出す。

強制空間転移のオーブだ。とんでもない事態に巻き込まれたものだと思っていたが、どうやら私は無事に帰ることができそうだ。

「じゃあそれを使えばいいってわけですね」

「ただし、これは一回しか使えねぇ。敵が用意しているだろう罠に対する俺たちの最大の切り札だ。使っちまったら魔王城攻略は一旦中止。希少アイテムだから、予備はねぇ」

「え……？」

話の雲行きが怪しくなってくる。

私帰れるんじゃないの？

「入口の空間の歪《ゆが》みを検証してみたが、これは一方通行。こっち側から学園街の方に戻ることはできねぇ」

「え、えぇっと……？」

「つまり、俺たちがどうすればいいのかというと……」

緊急手段用のアイテムなど使う気はさらさらないというかのように、カイン様がそれをカバンの中にしまった。

「……行けるところまで行くのがいいんじゃねえか？」

「え……？」

ついきょとんとしてしまう。

え？　なに？　私、このまま魔王城攻略に参加続行？

「異議無し」

「あたしもそれでいいと思う」

「それが妥当だよね」

「俺はリーズリンデさんのことをまだよく知らないが、皆がそう言うのならそれでいいと思う」

「え、えええええぇぇぇぇぇぇぇっ……!?」

まさかの続行に、驚きの声を上げてしまう。

「い、いやいやっ!?　ちょっと待ってください！　なんで反対意見ないんですかっ!?　おかしいでしょ、こんなのっ……！」

「いや、だって仕方ないし……」

「ムリです！　ムリムリ！　絶対無理！　私絶対死んじゃいますっ……！」

大きく首を振って抗議の意を示す。

普通に死ぬ！　皆様の足を引っ張る未来しか見えないっ！

「いや、リズならなんとかなるだろ」

「リズなら大丈夫ね」

「なんで皆様そんな楽観的なんですかぁっ……!?」

なぜか皆様は、このことが大した問題でないと考えているようであった。

なんでだっ!?

この戦いで敗因となりうる要因は一番に私の存在だぞっ!?

「私はごく一般的な普通の学園生なんですよっ!?　魔王城攻略なんて世界最高峰の戦いに付いていけるはずありませんっ！」

「ごく一般的な普通の学園生？（笑）」

「普通って、なんだっけ？」

「アホクサ」

「なんで皆様笑っているんですかぁっ……!?」

抗議をすれど、ぞんざいに扱われる。

「さー、皆張り切って行くぞー」

「おー」

「わーん！　皆様待ってぇーっ！」

気の抜けた声を上げながら、私の意見をガン無視して皆様が前へと進み始める。

なんでだっ⁉　なんでこんなことにっ……⁉

皆様に付いていく以外の選択肢がなくなり、私は泣きながら皆様の背中を追うのだった。


魔王城の玄関の巨大な扉を開く。

一階のロビーだ。天井が高くてとても開けた空間であり、いくつもの太い柱がこの空間を支えている。松明《たいまつ》の赤い炎がゆらゆらと揺らめいており、古ぼけた石造りの建物を明るく照らしていた。

ロビーの奥に、上の階に続く階段が見える。

恐らく魔王はずっとずっと上の階にいるのだろう。あの階段を上って私たちは魔王の元へ辿《たど》り着かなければならない。

「………」

しかし、その階段への道を塞ぐように、巨大な怪物がその場に佇《たたず》んでいた。

「待っていたぞ、人族の勇者よっ！」

「勇敢で、しかし我らに打ち勝つと思っている愚かな勇者めっ！」

「貴様らはここでズタボロに敗れ去るのだっ！」

怪物は口々に叫ぶ。

怪物が三体いるわけではない。

一体の怪物が三つの頭を持ち、三つの口で勇者様たちを威嚇してきた。

「ケ、ケルベロスっ……！」

一つの胴体で三つの頭を持つ異形の怪物。

魔王城の玄関を守っているのは地獄の番犬、ケルベロスであった。

体はとてつもなく大きい。四本の足を地に着けているというのに、体の高さが十メートルもありそうなほどの巨体であった。

胴体はさらに長く、この怪物を打ち倒せるビジョンが私には全く湧かない。

さらに、私程度の体の大きさなら五人や十人、一気に飲み込んでしまえそうなほど大きな口を持っている。

さすがは魔王城。まだ玄関に入ったばかりなのに、こんなにも早く、恐ろしいまでの威圧感を放つ怪物が待ち構えていた。

しかし、勇者様もだてに戦闘経験を積んできたわけではなかった。

「おいおい、俺たちは三下と遊んでいるほど暇じゃねーんだ。さっさと魔王を出せ」

カイン様が前に出て、怪物ケルベロスに正面切ってガンをつける。

さすがは幾百もの修羅場を潜《くぐ》り抜けてきた勇者様。このケルベロスを前にして一切動じた様子はなかった。

「ワッハッハ！　なんと生意気な勇者ワン！」

「我らを三下呼ばわりとはっ！　身の程を知れガウ！」

「この場で一番格上なのは誰か、すぐに思い知ることになるバウ！」

ケルベロスが三つの口を大きく開けて笑う。

なにげに頭によって語尾が違う？　いや、どうでもいいか、そんなこと。

「説明するワン」

「魔王様がいるのは最上階の玉座の間ガウ。お前たちはそこに辿《たど》り着く前に、魔王様が用意した三体の護衛戦士を打ち倒す必要があるガウ」

「その程度のことができないようじゃ魔王様に挑むなんて千年早いバウ」

玉座の間を護衛する三体の魔族の戦士。それを倒さない限り魔王のいる玉座の間には辿り着くことができない。

そして目の前のケルベロスがその一体目なのだ。

「ハッ！　分かり易くていいじゃねえか！」

「要するに全部ぶっ倒しちゃえばいいんでしょ？」

カイン様とレイチェル様が武器を構える。戦意高い組の闘志が漲《みなぎ》り、それが伝播《でんぱ》して仲間たちが全員、臨戦態勢に入る。

「お前たちには無理だワン！」

「魔王様の下に辿《たど》り着くことなどできず、お前たちはここで我らに敗れるガウ！」

敵の闘気も高まり、戦いの気配が強まっていく。

皆様が極限まで気を張っている。息を整え、敵の一挙手一投足も見逃さないように意識を高めてゆく。

次の瞬間にも激しい戦いが始まりそうなほど、場の空気が張り詰めていく。

世界最高の戦士たちが気持ちを極限まで昂《たか》ぶらせていた。

ケルベロスが叫ぶ。

「お前たち勇者を倒して、魔王様にめっちゃ若い女の子を紹介してもらうワンッ！」

「ん……？」

——その一言で、空気が変わった。

ケルベロスの頭の一つがそんなことを言うと、もう二つの頭が怪訝《けげん》そうに首を動かし、叫んだ一つの頭の方を見た。

「ちょっと待つガウ。ポチ、ちょっと待つガウ。やはり紹介してもらうのは成熟した女性の方がよいガウ」

「は〜!?　相変わらずタロウは分かってないワンねぇ!?　これだから熟女好きの変態はぁっ！」

「お前！　ふざけるなガウ！　全てを包み込む包容力のある母性こそが至高ガウ！　それが分からないなんて、ポチは相変わらず感性が貧相なロリコンだガウ！」

「はぁ〜〜〜っ!?」

「…………」

なんか口喧嘩《くちげんか》が始まった。

ケルベロスがお互いの頭をぶつけ合って、ケンカを始める。

ドンドンと頭をぶつけまくっており、こちらからすると自分で自分を傷つけているようにしか見えない。

私たちはちょっと呆気《あっけ》にとられた。

「ポチ！　タロウ！　お前らはいつもいつも両極端なんだバウ！　普通にちょうどいい年齢の女の子を紹介してもらえばいいバウ！　お前らいつもおかしいバウ！」

「ケン、お前はいつもながら無個性だワンねぇ。そんなんで生きてて楽しいワン？」

「ケンが一番、感性が貧相だガウ」

「お、お前ら〜〜〜っ！」

ワンワン、ガウガウ、バウバウと激しく喧嘩《けんか》する。

ずっとお互いの頭をお互いの頭にぶつけ合っている。

「………………」

正直意味が分からない。

ちょっと前の緊迫した雰囲気が嘘《うそ》のようである。勇者パーティーの皆様が、構えていた武器をだらりと下げる。

「ちょっと待て……ちょっと待て、お前ら」

カイン様がケルベロスに呼びかける。自分の顔に手を当てて眉間に皺《しわ》を寄せながら、困り果てた様子を隠そうともしない。

ケルベロスの頭がはっと気づいたように、動きを止める。そして、敵である勇者様の方に目を向けた。

「……なにしてんの？」

カイン様が純粋な疑問を目の前の犬っころにぶつけた。

「勇者よ！　口出し無用！　これは我らの問題だワン！」

「いや、だからその……なんなん？」

「我らは一つの体に三つの頭を持っているガウ。しかし、だからこそと言うべきか、それぞれの頭で好みが異なり、全然趣味が合わないガウ！」

「……はぁ？」

「常に諍《いさか》いの種バウ！」

三つ頭のケルベロスはとても複雑な事情を抱えていた。

カイン様がぽかんとした表情になる。

勇者様の気持ちは分かる。私たちは同じ思いを全員で共有していた。

「このポチはどうしようもないロリコンの変態ガウ！　法律に触れてさっさと捕まってしまえばいいガウ！」

「はぁ～!?　熟女好きの変態に言われたくないワン！　ロリコンはメジャーな嗜好《しこう》だけど、お前のかなり年上の熟女好きは本当にニッチな嗜好ワン！　お前の方こそ捕まってしまえワン！」

「残念でしたぁ～！　熟女好きは法に触れませんがロリコンは法に触れるんですガウ～！」

「お前らの特殊性癖に付き合わされるこっちの身にもなるバウ！」

「これが好きだ、って言えるものがないなんて、ケンの犬生は本当に可哀そうワン」

「ケンはまだまだお子ちゃまガウねぇ～」

「貴様らぁ～～～っ！　アブノーマルの異常犬のくせバウに～～～っ！」

どうでもいいけど、ケルベロスの頭の一つが法律を破ったらどうなるのだろう？

体は一つなのだから皆一緒に捕まると思うのだが、それでもいいのだろうか？

「おーい、お前ら戦わなくていいのかぁーっ⁉」

カイン様がつい当然のことを聞いてしまう。

勝手に喧嘩《けんか》しているので、横から不意打ちしてしまえばいいような気もするが、根が真面目なカイン様はそのような手段を取れないのだった。

「そうだったそうだったバウ」

「お役目を忘れるとこだったワン」

ケルベロスが体勢を整え、再びカイン様と向き合う。

まだ戦いは始まってもいないのに、ケルベロスの頭はもう既に傷ついていた。

「取りあえず、ケンカは後ワン」

「そうだな、そうするガウ」

「まずは勇者をぶっ倒すバウ！」

大きく鋭い眼がカイン様たちを睨《にら》む。

再び、激しい戦いの気配が高まってゆく。

前後の温度差に、こちら側の皆様が若干困惑を隠せないでいる。

しかし彼らもプロだ。武器を構え直し、また敵に集中していく。

やっと世界の命運を懸ける重大な戦いが始まろうとしていた。

「……ちなみに好みのおっぱいの大きさはなんですか？」

「絶対、絶対絶対絶対っ！　絶対貧乳ワンっ……！」

「アホかガウ!?　大きければ大きいほどいいガウっ！　巨乳！　巨乳っ！　爆乳最高ガウっ……！」

「お前ら全然分かってないバウ！　おっぱいは大きさじゃないバウ！　形と美しさバウ！　美乳こそが美しさの極致！　そんなの当たり前だバウ！」

……また内戦の炎が上がってしまった。

「……おい、リズ。お前何聞いてんだよ」

「す、すすす、すみませんっ！　なんか口が滑って……!?　わ、私何言ってるんだろっ!?」

好みのおっぱいの大きさは？　と聞いたのは、信じられないことに私だった。

ど、どうしてだろう……？　私がそんなはしたないこと聞くわけないのに……？　なんかふっと興味が湧いて、気が付いたら口からその言葉が漏れ出していた。

違うんです！

私普段はそんな変態チックなこと聞くような女性じゃないんです！

「タロウの好きな巨乳はおっぱいの範囲を超えてるんワン！　あれは爆乳ですらなく、奇乳ワン！　あのイラストじゃさすがに萌《も》えられないワン！」

「いい加減自分が超ドマイナーであることを認めるバウ！　タロウ！」

「うるさ～～～いガウっ！　ポチの貧乳好きだって頭おかしいガウ！　あんなのおっぱいじゃないガウ！　ただの板ガウ！　男の胸板と何が違うんだガウっ!?」

「てっめぇ～～～っ！　タロウ！　今お前は貧乳に悩んでいる全ての女子を敵に回したワンっ！」

「大体美乳ってなんだガウ!?　ケン!?　定義がいまいちしっかりしてないガウ！　特に趣味嗜好《しこう》を持っていない無個性な奴らがテキトーに美乳美乳って言って喜んでるんじゃないガウ!?」

「はぁ～～～～～～～～っ!?　タロウ、お前がそこまでなにも分かっていない奴だとは思わなかったバウっ！　同じ大きさでも綺麗《きれい》だと感じるおっぱいとそうでないおっぱいがある！　そんなことも分からないバウかぁ～っ!?」

「貧乳ではどんなおっぱいが美乳に入るワン？」

「ポチ、すまんバウ……。貧乳で美乳と感じたおっぱいってあんまないバウ……。そもそもおっぱいがないバウ……」

「はぁ～～～～～～～～～っ!?　てめぇ、ケン！　このやろっワンっ……！」

醜い争いが苛烈になる。

もはや頭をぶつけ合うだけに留《とど》まらず、噛《か》みつき合いも始まった。

体はどうなっているのか、まるで混乱したかのように胴体がその場でじたばたのたうち回っている。

私の発言一つで大きな爆弾が破裂してしまった。

おっぱい大論争はどこまでもどこまでもやむことはなく、三つの頭の仁義なき戦いは延々と繰り返される。

……どうやら私はものすごい燃料を投下してしまったようだ。

「……もう行こうぜ」

「そうですね」

仲間同士で頷《うなず》き合う。

ケルベロスはもうカイン様たちのことなど頭にない。

あるのは己の趣味嗜好だけだ。

勝手に争う犬っころの横を通って、私たちは魔王城の階段を上がる。

さっさと先に進む。途中で階段の上から下をちらと覗《のぞ》いてみたが、ケルベロスの喧嘩《けんか》が終わる様子はまだまだ見受けられなかった。

「………………」

……なんとも激しい最初の戦いは、こうして終わりを告げた。

しかし、私たちの戦いはまだ終わらない。

魔王の元に辿《たど》り着くまで、あのケルベロスと同等の戦士をあと二体も倒さなければならないのだ。

私たちの厳しい戦いはまだ始まったばかりだった！

「……なんだったんですかね、さっきのは？」

「意味わかんねぇ」

こうして私たちは一つ目の障害を乗り越えたのだった。

第36話　【現在】第二の障害、オークエンペラー！

先ほどの戦いの困惑が抜けきらないまま、私たちは上の階へと移動する。

邪魔者はおらず、戦いのないまま五階も六階も一気に駆け上がることができた。どうやらケルベロスさんの言っていた三体の護衛戦士以外の敵は、現れないようだ。

魔王城の精鋭中の精鋭だけを集めた布陣。

中途半端な戦力を勇者に当てても意味がないと思っているのだろう。

超強大な敵だけが私たちを待ち受けているのだ。

「…………」

……いや、ケルベロスさんとは全然戦わなかったのだが。

「……気を付けろ。なんかいるぞ」

階段を上っていると、カイン様が私たちに注意を促す。

「強い戦士の気配がするな」

「望むところよ」

どうやら一つ上の階に敵が待ち構えているらしい。下の階からでも分かるほど強烈なプレッシャーを体で感じる。

二体目の護衛戦士だ。

カイン様を先頭に、より警戒を強めながら上の階に上る。

また開けた場所に出た。

大広間の奥の方から恐ろしいほどの殺気を感じる。空気がびりびりと震えているような錯覚すら覚える。

二体目の護衛戦士は先ほどのケルベロスほど体は大きくなかった。せいぜい三、四メートルほど。魔王城のこの広い空間の中では、むしろ小さな体躯《たいく》に見える。

しかし、放つ威圧感がすごい。

自然と汗が滲《にじ》み出てしまう。目の前の怪物は、恐怖さえも覚えるほどの存在感を放っていた。

「オークエンペラー……」

そこにいたのはオークの中の最上位の種。最強のオーク、無敵のオーク。

頭の上には金色に輝く堂々とした帝冠が乗っている。佇《たたず》まいは威風堂々。ただそこにいるだけなのに、圧倒的な風格があり、思わず跪《ひざまず》いてしまいそうになる。

オークエンペラーが私たちを待ち構えていた。

「ウオオオオオオォォォォォォォッ……！」

私たちを視認し、オークエンペラーが咆哮《ほうこう》する。

空間そのものが揺れるように感じた。

ただの大きな声なのに、吹き飛ばされそうになる。

カイン様たちが油断なく武器を構えた。

「許さん……勇者一行め、許さん……、許さんぞオオオオオォォォォォォッ！」

オークエンペラーが激しい感情を発露させる。

溢《あふ》れ出る感情は憎しみと怒り。ぎらつく目の中で激しい怒りの炎が燃え上がっており、その怒りが容赦なくカイン様たち勇者一行へと向けられている。

常人ならそれだけで身が竦《すく》み、動けなくなりそうであった。

「勇者どもめぇっ……！　オレは決してお前らを許しはしないっ！　必ずやお前たちをボロボロにしてやるウウウウウウウゥゥゥゥゥッ……！」

カイン様たちはその怒号を正面から受け止めていた。

「ハッ！　魔族側からしてみりゃ、そりゃ俺らは疫病神だろうよ。オークは何千と斬ってきたからな。恨みたくなる気持ちも分かるぜ」

彼がオークエンペラーに言葉を返す。

戦争とは、憎しみが憎しみを呼ぶ行為だ。

魔族という存在には知性がある。魔物と同じではない。人間と同じように魔族にも社会があり、家族があり、感情がある。

勇者一行は人族の英雄だ。それはつまり、世界で一番魔族を多く殺してきたことにほかならなかった。

その怒りを、オークエンペラーは発露させているのだろう。

それでもカイン様は胸を張って告げる。

「だが俺たち人間もまた、お前たち魔族にたくさん殺されてきた。最初から戦争なんてなければいいのに、なんていつも思ってるぜ。だけど戦う。そうしなければ大切な人たちが殺されちまうからだ」

カイン様の言葉に、仲間たちが力強く頷《うなず》く。

「お前はどうだ？　オークエンペラー？　被害者面してただただ怒りを叫ぶだけか？　自分たちは可哀想なのだと、そう思い込んで暴れ回るだけか？」

「…………」

「今はまだ戦うことしかできない。でもよ、そういうことを忘れず、そういうことを考え続けて、考え続けて、相手の立場をも思い続けて……いつかその先に、何か道が開く時があるんじゃねえか？」

「…………」

オークエンペラーはカイン様のことを睨《にら》み続けている。

それでも、彼は一歩も引かない。

カイン様の勇気と優しさが、私たちの胸にも染み込んでくるかのようだった。

「オークエンペラーっ！　お前の憎しみ受け止めてやるぜっ！　だがよっ！　視野の狭いお前に負けるわけにはいかねぇっ！　なぁっ！」

「違うっ！　そういうことではないっ……！」

「あ、あれ……？」

カイン様は良い事を言っていた。

しかしその言葉に対し、オークエンペラーから返ってきた答えは否定。

……否定？

なんの否定？

「オレは戦争云々《うんぬん》で怒っているのではない！　オレもお前の考え方には共感する！　だがしかし、それとこれとは全くの別問題だぁっ……！」

「え、えぇっと……？」

カイン様が初めて動揺を見せた。

なんかいきなり話が見えなくなってきた。

「お前たちは我らオークの名誉をズタズタに傷つけたのだぁっ！　許すもんか！　絶対、絶対にっ……！」

「ん、んー……？」

「この屈辱、決して忘れはせんっ……！」

オークエンペラーさんは何に対して怒っているのだろう。

それが分からなくなってきて、仲間たちも首を傾《かし》げ始める。

「一体オークさんたちに何をやったんですかっ⁉　カイン様ぁっ⁉」

「い、いや……？　俺たちがオークの名誉を傷つけた？　戦争とは関係ないんだよな……？　えぇっと……？」

私は新参者だ。カイン様たちに何があったのか知る由もない。

だから質問をしたが、彼自身もよく分かっていないようだった。

「とぼけおって！　勇者めっ！」

「ええ？　ちょ、ちょっと待って……？」

カイン様が本気で悩み、本気で困っている。

腕を組み、しかめっ面で考え事をしているけれど、どうも答えが出ないようであった。

「……もしかして、個人的にどっかで会ったことある？」

「違うっ！」

「うーん、うーん……」

カイン様が額に汗を滲《にじ》ませながら考えるが、答えは全然出てこない。

まるで『私がどうして怒っているか分かる？』と彼女に聞かれている男性のようで、カイン様がちょっと可哀想になってくる。

「心当たりがないだとォッ!?　ならば全てを明らかにしてやるっ！　オレは何もかも知っているのだ！」

いよいよオークエンペラーの告白が始まる。

怒声を発しながら、びしりと人差し指を前に向けた。

「そこの女ァッ……！」

「え……？」

オークエンペラーの指差す先には私がいた。視線もこっちを向いている。

後ろを振り返ってみるけれど、後ろには誰もいない。

……私のことを指さしている？

「お前だァッ！　お前！」

「わ、私……？」

「そう！　お前だァッ……！」

私が自分のことを指差すと、オークエンペラーが大きく首を縦に振る。

皆様の注目が私に集中する。額から変な汗が出てくる。

わ、私……？

え？　なんで新参者の私……？

「お前が描いたエロマンガのせいで、オークが人にエッチなことをする種族だってイメージが定着してしまった！　どうしてくれるっ……!?」

「え……？　ええええええぇぇぇぇぇぇぇぇっ……!?」

オークは他種族に劣情を催すことはない。

しかし近年発展してきたマンガという文化において、オークが人を凌辱《りょうじょく》するというエロマンガが一つのジャンルとして流行《はや》っていた。

そのせいでオークが人間の女性を襲うという誤解が世に広まり始めていた。

……いや、なんで私こんなに詳しいんだろう？

エロマンガなんて読んだこともないのに。

「オーク凌辱もののジャンルを生み出し、流行らせたのがお前であることは分かっている！　観念しろぉっ！　オークの痛みを思い知れぇっ！」

「いやいやいやいやっ!?　違いますっ!?　完全な誤解ですよぉっ!?　私はエロマンガなんて全然全く、一回も描いたことがありませんよぉっ……!?」

オークエンペラーさんが何に怒っているのかは分かった。

しかし、彼の言っていることが全く理解できない。

彼は意味不明な誤解をしている。なんで私がそんなわけの分からん倒錯したマンガを描

いたことになっているのだっ……⁉

「しらばっくれるなっ！　お前があの憎き『エロアートキング卍《まんじ》』だということは調べがついているのだっ……！」

「知りませんっ！　そんな人全然知りませんっ……！」

なんで私がそんな意味不明なペンネームの人と間違えられなければならないのだっ⁉

真面目で誠実な私とはものすっごく遠い人物ではないかっ！

私がそんなマンガを描くはずないのだっ！

「オークエンペラーさん！　あなたは何かとんでもない勘違いをしていますっ！　ほらっ、カイン様！　カイン様たちも否定してやってください！　私がそんなマンガ描くはずありませんって！」

「いや……その、えぇっと……うん……」

「なんで言ってくれないんですかぁっ⁉」

カイン様たちは、なぜか明確に私を擁護してくれなかった。

私から視線が逸《そ》らされる。

積極的に否定してほしい！

「素直に謝れば少しは許してやろうかとも思っていたものを！　あげくの果てに言い逃れしようとするなどっ……！　許せんっ！」

「本当に、本当に本当に本当に違うんです！　なんで信じてくれないんですかぁっ!?」

「お前の描いたエロマンガのせいでオレは魔族の仲間たちから、『あいつ人間の女をエロい目で見てるんだぜー（笑）』とか『えー、悪趣味ー（笑）』とか、からかわれるのだっ！　どうしてくれるっ……！」

「だーかーらー、違いますってーばーっ！」

人間でいうと、逆にオークの種族を性的な目で見るようなものだろう。

そういう人がいたら確かにドン引きする。……いや、趣味嗜好《しこう》は人それぞれでいいと思うのだが、それでも一般的な感覚から大きく外れているのは確かだろう。

だけど！

何度も言うが！

私はそんなマンガを描いたことなどないのだっ！

「憎き『エロアートキング卍《まんじ》』めっ！　お前にはきっついお仕置きをしてやるっ！　オークの名誉が傷つけられた痛み、思い知れぇっ！」

「なんでこんなことにぃっ……！」

混乱の中、戦いが幕を開ける。

オークエンペラーさんが私に向かって一目散に駆けてくる。彼の武器は大きな斧《おの》だ。恐ろしいまでのプレッシャーが私に襲いかかってくる。

標的にされる意味が分からないけどっ！

「さ、させるかっ……!?」

しかし、私とオークエンペラーさんの間にカイン様が割って入ってくれる。

カイン様が私を守ってくださり、彼の聖剣とオークエンペラーさんの斧が打ち合わされる。

「許さんっ！　必ずやこの怒り、その身をもって思い知らせてやるっ……！」

「申し訳ないっ……！　うちのバカが申し訳ないっ……！」

「カイン様ぁっ!?　なんで謝るんですかぁっ……!?」

カイン様はオークエンペラーさんと戦いながら、なぜか申し訳なさそうにしていた。

謝ったら本当に私がやったみたいじゃないですかっ!?

きっぱり否定しないといけないのに、なんでっ……!?

「えいっ！」

「ぐっ……！」

カイン様への援護として、オークエンペラーに幻痛魔法をかける。

実力差があり過ぎるため、そんなに効いていないだろうが、作り出されるほんの少しの隙がカイン様たちにとっては有利に働くだろう。

「い、いくぞっ……!?」

「お、おぅ……!?」

本格的に戦いが始まる。

仲間の皆様が動きだし、オークエンペラーさんに攻撃を加え始める。

さすがは勇者様一行だ。動きがとても洗練されている。各自自分の役割をしっかりと理解しており、効果的な戦闘を行っていく。

シルファ様が私の護衛に入ってくれる。常にオークエンペラーさんと私の間に位置取るようにしてくださり、隙があれば、魔法剣による遠距離攻撃を放って自分も攻撃に参加する。

人族最強の戦闘集団の実力はやはりだてではなかった。

「ウオオオオオォォォォォッ……！　許さん！　許さんぞぉっ！　この怒り、晴らさでおくべきかっ！」

「すみません、すみません……」

しかし、なぜか皆様はやりにくそうにしている。

まるで後ろめたいことを抱えているかのようだ。

「皆様！　違いますって！　私本当に違いますからっ！」

「すみません、うちの仲間が本当にすみません……」

ヴォルフ様だけがわけが分からずきょとんとしているが、何か勇者一行の皆様には共通の思いがあるようで、一様に動きが鈍くなっている。

なんで皆様申し訳なさそうにしているんですかぁっ⁉

「ウガアアアアァァアァッ……！　あの女を殴らせろォォォォッ……！　あの女に拳骨をぶち込ませてくれエエエエエッ……！」

「悪かったから！　あのバカは後でしっかり叱っておくから、この場はちょっと見逃してやってくれないか……⁉　お前に殴られたら今のあいつじゃ死んじまう……！」

「カイン様ぁっ！　私やってないですってばぁっ！」

「リズ！　お前ちょっと黙っててくれないかっ⁉」

なんでだぁっ……⁉

私は本当のことしか言っていないのにっ⁉

「ウガアアアアアアアァァアアアア……！」

「うわあああああああぁぁぁぁぁぁ……！」

戦場は混沌《こんとん》とするのだった。

激しい戦いが続いた。しかし、やがて決着がつく。

「うぅ……む、無念だ……」

「………」

オークエンペラーさんの巨体が床に沈む。

勝ったのは勇者様一行だった。

皆様はオークエンペラーという強大な敵に勝利した。

「………………」

だが皆様に勝利の喜びも、熱い咆哮《ほうこう》もない。

倒れ込んだオークエンペラーさんを憐憫《れんびん》の眼差《まなざ》しでじっと眺めていた。

「くっ……、すまない、すまない、故郷の者たちよ……。我らが受けた屈辱、晴らすことができなかった……」

「………………」

「無念、無念だ……」

オークエンペラーさんが掠《かす》れる声で悔しい思いを口にする。

終始いたたまれない思いになりながら戦いは進み、終わった。

「皆よ……すまない……」

「………………」

「無念……無念……」

そう言いながら、オークエンペラーさんは気絶した。

「………………」

「…………」

沈黙が過ぎる。

「……罪悪感がめちゃくちゃすごいんだけど」

「……うん」

カイン様の呟《つぶや》きに、皆様が重く頷《うなず》いた。

私が何か口を挟めるような空気じゃなくなっていた。

本当に何もしてないはずなのに、私の額からは汗がだらだら垂れていく。

「……先に進むか」

「うん……」

重い足を引き摺《ず》りながら、皆様が次の階を目指して進み始める。

……なんだろう。最後まで何だかよく分からなかったけど、私たちは空しい勝利を手に入れたのだった。

「……リズ、帰ったらお説教な？」

「なんでですかあああああああああああああああああああぁぁぁぁぁぁぁあっ……!?」

私にはそれが理不尽にしか思えないのであった。

第37話　【過去】新人編集者とエロマンガ

マンガという文化は、昨今の印刷技術の発達により、世に広まった。

文字と絵で展開される物語のその表現方法は、たちまち世界中の人々を魅了し、多くの人がこぞってマンガを読み漁《あさ》り、自ら描く人も現れた。

そして読者が増えると、それに付随してあるものもまた広がっていく。

性的なコンテンツだ。

読者の求めもあり、エロマンガもたくさん執筆されていった。多くの書店では、隅にひっそりと置かれる存在であるが、読者は決して少なくなく、世の男性の多くがこそこそ隠れながらエロマンガを購入していくのであった。

そのエロマンガの業界で特に異彩を放つのが、『エロアートキング卍《まんじ》』という新進気鋭の作家であった。

「改めて言うが、今日はお前に担当を引き継いでもらう。よろしく頼むぞ」

「は、はいっ！　分かっております、先輩！」

ある出版社の編集者二人が、街を歩きながら話している。

エロマンガ雑誌を発行している部署の編集者たちだ。二人は先輩後輩の関係であり、先輩編集者の名前がドミニクス、後輩編集者がユーリヤといった。

ある作家の担当が代わることになり、今日は先輩から後輩へ引き継ぎが行われるのだ。

作家との顔合わせのため、二人はその作家の仕事場へと向かっていた。

「あらかじめ言っておくがな、ユーリヤ。今日からお前が担当する先生は結構な変わり者だ。気を引き締めろよ」

「お、脅かさないでくださいよ、先輩っ……!?」

ユーリヤは少しびくついている。

ユーリヤはまだ新人の編集者である。この仕事を始めてから日が浅い。

だけど彼女は体にぐっと力を入れた。

「ですが、私も編集者です！　何人ものマンガ家たちに会ってきましたからね。どんと来いですっ！」

マンガ家という者は変人が多い。

なので変わり者だから気を付けろと言われても、怖《お》じ気《け》づくわけにはいかない。

ユーリヤは覚悟を決めた。

「大丈夫だといいんだが……」

ただ、ドミニクスの心配そうな顔は晴れることはなかった。

そして、その作家の仕事場に辿《たど》り着く。

「先生、ドミニクスです。打ち合わせに来ました」

「はーい」

彼が家の扉をノックすると、中から女性の声が聞こえてくる。

ユーリヤは今日から担当する作家が女性であることは聞いていたが、エロマンガを描く女性作家は珍しく、本当に女性なんだと、奇妙な感慨を覚えていた。

やがて、がちゃりと扉が開く。

「ドミニクスさん、お疲れさまです」

「いえ、先生こそ」

中から現れたのはとても美しい女性であり、ユーリヤは驚いた。

長い金髪が綺麗《きれい》に輝き、毛先がふわふわとウェーブしている。顔立ちも整っており、清《せい》楚《そ》で可憐。年齢もまだかなり若い。

失礼かもしれないが、とてもエロマンガを描くような女性には見えない。ユーリヤは頭の中でそう思った。

「先生、こちらがお話ししていた私の後輩、ユーリヤです。どうかよろしくお願いしますよ」

「よ、よろしくお願いしますっ！」

緊張しながら、ユーリヤが大袈裟なまでに深々と頭を下げる。

「ふふ、可愛い人ですね」

「……ユーリヤ。この方が『エロアートキング卍《まんじ》』先生こと、リーズリンデ先生だ。失礼のないように頼むぞ」

「は、はいっ……！」

新進気鋭のエロマンガ作家『エロアートキング卍』の本名はリーズリンデといった。

「さ、玄関での立ち話もなんですから中に入ってください」

「お邪魔させていただきます」

「お、お邪魔します……」

そうして家に入る。

廊下を歩き、奥の仕事部屋へと進む。

「ひっ……!?」

そこでユーリヤはとんでもない光景を見た。

「5号から8号、15ページからの背景を全部お願いします。12号から17号は4から11ページの下書きが終わったのでペン入れに入ってください」

「はーい」

「2号、3ページのペン入れ完了しました。あ、私は4号です」

「4号、お疲れさまです。1ページのトーン作業に入ってください」

「はーい」

何か聞き慣れない言葉が聞こえてくる。

5号？　8号？　2号？

なぜ人を名前で呼ばず番号で呼ぶのか？

それもそのはず、広い仕事場の中には、全く同じ顔がずらりと並んでいるからだ。

玄関で出迎えてくれたエロアートキング卍《まんじ》先生と同じ容姿の人たちが、二十人近くも同じ仕事場で作業をしている。

「…………」

なんだこれは？

なぜ全く同じ人間が大量にいるのか？

ユーリヤの額から汗が垂れた。

「エロアートキング卍先生は、分身魔法を使って仕事をなさっている」

「ド、ドミニクス先輩……？」

「先生はとても忙しい方でな、本体はここにはいらっしゃらない。マンガの執筆は全て先生の分身が担当をしている」

「え、えええええぇぇぇぇっ……!?」

分身魔法は難しい魔法である。

高度な技術を要するし、発動時間も普通は短い。本体がいないところで、二十人という大量の分身が執筆という繊細な作業をこなし、しかも長時間分身を維持し続ける。

それがどれだけ高度な魔法技術を要するか、ユーリヤには想像することすらできない。

「…………」

エロアートキング卍《まんじ》先生は同時に何本も連載を抱えている。

普通、一人の作家が一本の作品を連載するだけでも、とても大変な作業である。締め切りに追われ続けて、苦しみながら作業するしかない。

しかし、エロアートキング卍先生はその数倍の作業量をそつなくこなしている。

どうやっているのだろう？

どれほど筆が早いのだろう？

ユーリヤは常々そう疑問に思っていたのだが、まさかこんな分身魔法を使って仕事をこなしているとは、夢にも思わなかった。

「あ、あの、先輩……エロアートキング卍先生って、なにか世界的に有名な大学の魔法研究員だったりするんですか……？」

それぐらいの、いやそれ以上の実力がないと、こんなことは不可能だろう。

「……いいか、ユーリヤ。この仕事場ではあることを肝に銘じろ」

「な、なんですか？」

「エロアートキング卍先生の正体について、何かに気付いても知らなかったふりをしろ」

「え……？」

先輩編集者の言葉を聞き、ユーリヤは目をぱちくりさせる。

「な、なんで……？」

「何かに気付いても、お前は何も知らないし、気付かなかった。まして、それを人に言うなんて言語道断。いいな？」

「………………」

ユーリヤの顔が引きつる。

私は一体何に巻き込まれたのだろうか？　緊張以上に不安が胸の内に込み上げてくる。

「あれ？　この私って、今日何号でしたっけ？」

「今どこの作業やってます？」

「13ページの背景です」

「じゃあ10号です」

「はーい」

「………………」

そんな狂気一歩手前のような会話も聞こえてくる。

ここに来る前、先生は変わり者だと先輩が言った。しかし、これは変わり者というより異端だ。ユーリヤは内心毒づかずにはいられなかった。

「ん……？」

その中で、さらに別のことに気付いた。

この広い仕事場の中には、エロアートキング卍《まんじ》先生の分身だけではなく、他の人物も五、六人いた。

「あーっと……、リズ、今の現場監督って誰だ？」

「あ、私です、2号です。シルファ様どうなさいました？」

「質問があるのだが、ここのモブキャラの描写について迷っていて……」

「ふむふむ……」

綺麗《きれい》な赤髪をポニーテールにした女性が、エロアートキング卍先生の分身に指示を仰いでいる。きりっとしていて、とても精悍《せいかん》な感じの女性であった。

先生以外のアシスタントさんもいるのかと気付くとともに、あのお方どこかで見たことあるような……？　という疑問もユーリヤの胸の内に湧く。

「あ、リズさん。あのあの、わたしも聞きたいことがあって……」

「はい、なんでしょう、メルヴィ様？」

次に見えたのは白色のロング髪の少女だ。小柄で可愛らしく、優しそうで柔らかな雰囲気の人であった。

赤髪の方と白髪の方も分身魔法を使っているようで、それぞれ三名ずつ、合計六名のアシスタントとして働いているようだ。

「…………」

ユーリヤは気付く。

名前はシルファに、メルヴィ。特徴的な赤髪と白髪。

それは今、世界的に有名で、全ての人族の希望と言われているような人物で……。

「ユーリヤ」

そんな考え事を遮るように、ドミニクスが彼女の名前を呼ぶ。

「さっき俺は言ったよな？　お前は何も気付いていないし、何も知らない。いいな？」

「ひ、ひえぇぇ……」

普通の仕事をしているだけなのに、なぜか世界の最高機密を掴《つか》んでしまったような気になる、哀れなユーリヤなのであった。

「それで新作についてですがね、良い案がありましてね」

打ち合わせ用の部屋へと移動し、エロアートキング卍先生が自ら紅茶を淹《い》れる。

淹れ方が上手らしく、ふわりと良い香りが立ち上り、部屋を紅茶の香りが優しく包み込んでゆく。

ユーリヤはその紅茶を飲み、その味の素晴らしさに舌を巻く。

こんなふうに紅茶を淹《い》れられるようになるまで、貴族の子女として相当に勉強をしたのだろう。それが察せられる紅茶の味だった。

それなのになんでエロマンガを描いているのか、一層分からなくなる。

「次の新作は、オークと姫騎士ものを考えていますっ！」

「オ、オークと姫騎士もの……？」

次回の作品の構想を自信満々に語るエロアートキング卍《まんじ》先生に対し、編集者二人は首を傾《かし》げる。

「今回はハードな内容になります。私はずいぶん考えました。高貴で高潔な存在である『姫騎士』に対して、最も効果的な相手役は誰なのだろう、と。そこで考え付いたのが『オーク』なのですっ……！」

「オ、オーク……？」

「オークってあの、魔物のオークですよね……？」

「はい。高貴な存在が堕《お》とされてしまうというギャップを描くには、相手役も下層階級の者にすべきと考えました。山賊やならず者もいいと思いますが……、ここで敢《あ》えて魔物の『オーク』っ！　『オーク』を推そうと思いますっ！」

エロアートキング卍先生が熱く語る。

「オークは言わずもがな、魔物や魔族に分類される生き物です。人間からすると絶対に襲われたくない相手です。さらに人間の美醜感覚でみるとオークの体はまるまると太っていて、容姿も醜い部類に入ります。この化け物に襲われる美しい姫騎士を見て、読者は必ずや卑しい劣情を催してしまうことでしょう……！」

自信満々に語る先生に対し、編集者たちは目を丸くしている。

「し、しかし、オークは人間に性的な欲望を覚えませんよ？」

「そこはまぁ、創作ならではの設定、ということにしておきましょう」

エロアートキング卍先生は力技で乗り切るつもりだった。

「まー、私としては少しオークさんに恨まれるのが心配ですけどね」

「変なところを心配しますね、先生。大丈夫ですよ。オークは私たちのマンガを見ないし、そもそもオークと会話する機会なんてありませんって」

「そうですかねぇ？」

残念ながらこの作品が魔族領にまで影響を与える存在になっていくことを、この時この編集者二人は知る由もなかった。

「…………」

ユーリヤの手のひらに、汗がじわりと滲《にじ》む。

彼女はまだ新人の編集者だ。異常とも言えるようなエロアートトキング卍《まんじ》先生のアイディアに気圧《けお》されている。

先生の目は爛々《らんらん》と輝いている。自分のアイディアがとても素晴らしいものだと、世に出せば売れるものだと信じて疑わない。

作家の狂気を目の当たりにして、体が竦《すく》んでしまっている。

少しばかり恐怖すら感じていた。

だから、大きな声で言った。

「やりましょうっ！」

ユーリヤが勢いに任せ、席から立ち上がりながら言う。

「やりましょう！『オークと姫騎士もの』！　理屈も筋が通っていると思います。やってみましょう、『オークと姫騎士もの』！」

それは勇気ある一歩だった。

エロアートトキング卍先生は尋常ならざる人だ。それに付いていくには、自分もまた彼女に一歩踏み込んでいかないといけない。

彼女はそう覚悟を決めた。

「おいおい、大丈夫かぁ？」

先輩編集者のドミニクスが心配そうな目を向ける。

「大丈夫です！」

しかし、ユーリヤは揺るがない。

熱い瞳を、じっとエロアートキング卍先生に注いだ。

先生がにこっと笑う。

「……これからよろしくお願いしますね、ユーリヤさん」

「はいっ！」

二人は熱い握手を交わす。

ここから新たな伝説が始まる。

二人は様々な名作を生み出し、二人三脚で頑張っていくこととなる。

数々の困難があったが、それに挫《くじ》けずユーリヤは必死に努力する。

これから先、彼女は先生に何度も何度も振り回されては困り果てることとなる。しかし
それを乗り越え、新人だった彼女は優秀な編集者に成長していった。

そうやって二人は新たな時代を築き上げていくのであった。


最初の打ち合わせから少し経《た》って、彼女の描いた新作のエロマンガが出版された。

広い地域の書店で販売される。

「わぁ！　出ましたよ、新作！　私たちの本です！」

「いやぁ、もう何冊も本を出しているが、自分の手伝った本が書店に並ぶというのは、何度目でも嬉《うれ》しいものだな」

「頑張った甲斐《かい》というものですね！」

リズ、シルファ、メルヴィの三人が本屋の片隅できゃっきゃと騒ぐ。自分たちの本が出版され、喜びの感情を噛《か》みしめていた。

それを横目で眺めながら、カインは大きなため息をつく。

「なに旅の途中でエロマンガなんて描いてんだよ……」

そこは言うまでもなくエロ本コーナーだ。

魔王軍との戦いの最中、分身を使ってまで趣味のエロマンガに力を入れる三人に、どうしたって呆《あき》れざるを得なかった。

「でもカイン様、このエロマンガそんなにバカにはできないんですよ？」

「あぁ？」

振り返り、リズが言う。

「だって私たちのマンガの印税が、この旅の資金の一部になっているんですから」

「なっ……？」

それを聞いて、カインの表情は強張《こわば》る。

まさか、この本の恩恵を自分たちが受けているなんて夢にも思わなかった。

恐る恐る訊《たず》ねる。

「ち、ちなみにどれくらい稼いでいるんだ……？」

「えっと、このくらいです」

リズが鞄の中から印税の金額が記された書類を取り出す。

「なっ……!?」

めちゃくちゃ大きな金額がそこに記されていた。

「お、おいっ……!?　この前のダンジョンで見つけた財宝より多いじゃねーかっ!?」

「ふっふーん」

書類を手にわなわな震えているカインの横で、リズたちが自慢げに胸を張っている。

勇者一行の旅は様々な団体から支援を受けて成り立っている。そして自分たちでも、旅の途中のダンジョンなどで大金を稼いだりしている。

それでもなお、このエロマンガは旅に影響がないとは言えないほどの大金を稼ぎ、この旅に貢献していた。

カインはただただ愕然《がくぜん》としている。

「この旅がエロマンガによって支えられていたなんて……」

カインが膝から崩折れる。

さすがにショックを隠せなかった。

「ふっふーん！」

「ふっふーん！」

「ふっふーん！」

その横でエロマンガ三人娘がドヤ顔で胸を張っている。

世界の希望たる魔王討伐の旅は、とんでもない所を資金源として進んでいくのであった。


そしてまた時は流れる。

重大な事件が起こった。

リズが魔王の攻撃によって傷つき、記憶を失ってしまったのだ。

当然、エロアートキング卍《まんじ》としての活動もできなくなる。

エロアートキング卍先生は病気により長期休養になったと発表され、先生の連載作品は全て休載となってしまった。

「うわああああああああぁぁぁぁぁぁぁぁぁんっ！」

「俺の生きがいがあああああぁぁぁぁぁぁぁぁっ！」

全世界の青少年たちがむせび泣く。

先生の作品は若い男性たちに夢と希望と劣情を与えてくれていた。しかし、その偉大な先生の復帰の見込みはいつまで待っても全く立たない。

世界が悲しみに包まれる。

「先生、カムバァァァァァァァァァァァァァァァァァック……！」

「エロアートキング卍先生、病気早く治ってぇぇぇぇぇぇぇぇぇぇっ……！」

叫べども叫べども、作品は一向に紙面に載らない。

若者たちの夢と希望は唐突に途絶え、ただただ打ちひしがれるばかりであった。

第38話 【現在】闇より深き闇の王

勇者たちは歩を進めている。

階段を駆け上がり、魔王城をひたすら進んでいく。

魔王が待ち受けているという、目的の玉座の間に向かって走り続ける。彼らが窓から外を覗《のぞ》くと、この城を囲む城下町が遥《はる》か下の方に小さく見えた。

勇者たちはもう、この城の頂上付近まで上ってきている。

玉座の間まであと少しだろう。

カインたちはそんな気配を感じ取っていた。

「しかし、トラップが全然見当たりませんね……」

「そうだな。少し拍子抜けだ」

リズの言葉にカインが同意する。

魔王の使者よりこの城に招待され、カインたちが一番警戒していたのは罠《わな》の類であった。敵の本拠地に乗り込むのだ。どんな仕掛けがあっても不思議ではない。

そのため、カインたちは罠への対策をこれでもかというほど立ててきた。

しかし、ここまで来てもカインたちは一つもトラップに遭遇していない。

この城で出会った妨害といえば、立ち塞がってきた防衛戦士だけである。

「なんなのだろうな、この城は……」

「まぁいい。今は目の前に立ち塞がってくる敵だけに集中するぞ。……ほら、そろそろ強敵の気配だ」

カインが前方を指差す。会話を打ち切り、全員がそちらに意識を向ける。

階段の上から強いプレッシャーを感じ取る。

最後の強敵の気配であった。

三体目の防衛戦士が待つフロアが、もうすぐそこまで近づいていた。

「…………」

階段を上りきり、その強敵と向かい合う。

立ちはだかる敵の向こう側に、巨大で荘厳な扉があった。恐らくあの扉の向こう側が、魔王が待ち受けている玉座の間なのだろう。

カインたちがそれを察する。

そして、この場所が魔王城の最終防衛ライン。

魔王を守るために用意された最後の決闘の場なのである。

「…………」

その決闘の大広間に最後の防衛戦士が佇《たたず》んでいる。強烈な闘志を発しながら、扉を守護するようにカインたちの前に立ち塞がっていた。

「よく来たな、勇者どもよ……」

最後の戦士が呟《つぶや》く。

「な、なんだ、こいつ……」

「こいつは、一体……?」

カインたちは気圧《けお》されていた。

その最後の防衛戦士の姿を見ただけで体が強張《こわば》り、額から汗が噴き出てくる。

その戦士は異様な姿をしていたのだ。

「な、なんなんだ、こいつ……?」

体が肉でできていない。

布か革で袋を作り、その中に魔法の空気を入れて膨らませていた。それが体となって動いている。

ゴーレムのような存在であった。

純粋な生命体ではなく、土や岩で人間の姿をかたどり、そこに魔術を埋め込んで、自立して行動できるようにした魔物。それがゴーレム。

目の前の敵は、風船のように膨らませた袋を体として動かしている。命を持たない無機物が行動しているという点で、敵はゴーレムに類似している。

「…………」

そこまでは分かる。

しかし、それでも勇者一行の皆は困惑を隠せない。

ゴーレムだという点を鑑《かんが》みても理解できないほど、敵の姿が異様であったからだ。

姿は人間を模している。四肢があり、頭があり、二本の足で立っている。かなり人型に近いゴーレムのようである。

しかし……。

「…………」

カインたちは絶句して、身動きできないままでいた。

「先に名乗らせてもらおう！」

彼らの迷いに活を入れるかの如く、目の前の敵が大声を出す。

「私の名はダッチワイフゴーレム！　魔王城最後の防衛戦士であるっ！」

「なんだ、こいつっ⁉」

「私は魔王様の忠実な部下！　お前たちをこの先に進ませるわけにいかないっ！」

「なんだ、こいつっ……⁉」

――敵の姿は、ダッチワイフ人形にとても似ていた。

ダッチワイフ人形とは人間の女性の姿を模した人形であり、性的に利用される大人の玩具である。

安物の素材を使っているのか、敵の体は作りが粗い。風船のように空気を入れて膨らませただけであり、体も腕も、形は精密ではなくぶよぶよとしている。

顔の造形も適当で、小学生が描いた絵のような顔である。

ダッチワイフ人形が服を着て、ゴーレムとして彼らの前に立ち塞がっていた。

「いや、なんでっ……!?」

リズは叫ぶ。

「なんでダッチワイフがゴーレムとして動いているんですかっ……!?」

「…………」

叫ぶけれど、誰からも答えは返ってこない。

ここにいる全員が疑問を感じていた。

ダッチワイフゴーレムが大声を発する。

「魔王様には指一本触れさせるわけにはいかないっ！　覚悟せよ！　勇者ども！」

「待て待て待て待てっ……!?」

意気込むダッチワイフゴーレムを前にして、カインが制止の声を上げる。

「ちょっと待て！　お前は一体何なんだ!?」

「私の名はダッチワイフゴーレムっ！」

「どういうことっ……!?」

「ゆくぞ！　覚悟しろ！　勇者どもっ！」

「待って!?　ちょっと待って……!?」

カインはなんとか落ち着いてこの状況を整理しようと努めるけれど、敵からの説明はない。

「私は魔王城最後の防衛戦士！　ダッチワイフゴーレムっ！　さぁ、勇者たちよ！　いざ尋常に勝負っ！」

「狂気しか感じねぇっ！」

ダッチワイフゴーレムとの死闘が始まった。

何の説明もないまま始まってしまったのであった。


そしてダッチワイフゴーレムとの戦いが終わる。

「見事だ……勇者たちよ……」

倒れ伏しているのはダッチワイフゴーレムの方であった。

勇者たちは敵に勝利した。

「悔しいが完敗だ……。武人として、ここは素直に道を譲ろう……」

「…………」

「だが覚悟せよ、勇者ども……。我が主、魔王様の力は私の比などではないぞ……」

そう最後に言い残し、ダッチワイフゴーレムは行動を停止した。

倒れ伏すダッチワイフゴーレムの表情は出会った時から一片も変化がない。

ゴーレムとして表情を変化させる機能がないのか、雑に描かれたその瞳はどこまでも昏《くら》く、まるで夜の闇のように一切の明るさも感じさせなかった。

「ダッチワイフゴーレム……とてつもない強敵だった……」

「いや、なんだったんだよ、こいつ……」

カインは終始首を傾《かし》げたままなのであった。

こうして最後の防衛戦士との戦いが終わった。

「…………」

カインたちは玉座の間に続く大きな扉の前にいる。

彼らを邪魔する者はもう誰もいない。

魔王は目と鼻の先だ。

「いよいよ魔王との決戦ですね、ドキドキします……」

「いや、さっきからおかしいだろ。緊張感湧いてこねぇよ」

息を呑《の》むリズに対し、カインが眉を顰《ひそ》めながらそう言う。

戦わないケルベロス、エロマンガに怒るオークエンペラー、そして今のダッチワイフゴーレム。

普通の敵が一体としていなかった。

「それでも前に進むしかないんだよねぇ……」

「それが無性に悲しい……」

ミッターの言葉に、カインは肩を竦《すく》める。

彼らには進む以外の選択肢はなかった。

「……行くぞ」

「はい」

カインが諦めの混じった口調で小さく呟《つぶや》く。

皆も覚悟を決め、気を引き締める。

扉を開いた。

「…………」

天井の高い大広間に出た。

薄暗く、重苦しい雰囲気のする部屋であり、皆は小さく息を呑む。

天井から絢爛《けんらん》豪華なシャンデリアが吊るされているものの、光量が足りず、部屋全体を十分に照らすことはできていない。

仰々しい装飾をほどこされた高い柱が幾本も連なり、それだけでこの部屋にいる者に威圧感を与えるかのようであった。

そして、注目すべきは大広間の一番奥に存在する玉座だ。

背が高く、壮麗な彫刻が細やかに刻まれた威風堂々とした玉座。

そこに座る者から、強いプレッシャーが発せられている。

「…………」

魔王だ。

この城で一番力を持つ者が、堂々と玉座に座っていた。

「待っていたぞ、勇者たちよ……」

「…………」

深く椅子に座ったまま、魔王が声を発する。

勇者一行を値踏みするかのように、その黒い瞳が冷たく輝いていた。

「歓迎するぞ。さぁ、我の近くに寄れ。我の前で跪《ひざまず》き、我に恭順を示せ。そうすれば命だけは助けてやってもよい……」

「…………」

魔王からの要求は従属すること。

自分の手下になることを勇者たちに要求していた。

「…………」

勇者の仲間たちは皆、口を噤《つぐ》んで一言も喋《しゃべ》れないでいた。

動揺を隠せず、どうすればいいのか分からないまま身動きできないでいる。

「……魔王」

カインが小さな声を発し、ゆっくりと歩きだす。

赤い絨毯《じゅうたん》の上を静かに歩き、一歩一歩魔王へと近づいていく。額から汗を垂らし、困惑した表情のまま彼は、玉座へと歩を進める。

カインが魔王の前に立つ。

そして、言った。

「お前、何してやがんだこんなとこで！」

「いっだーーーいっ！　殴ったーーーっ！」

カインは魔王にゲンコツを落とした。

魔王が涙目になりながら頭を押さえる。

「何をするのじゃ！　勇者よ！　痛いではないかっ！」

「いや、お前……編入生のクオンだろ？　なんでこんなとこにいるんだ？」

頭を叩《たた》かれて痛そうにしている魔王であったが、カインは別の意味で頭が痛かった。

先ほどから、勇者一行の全員が困惑を隠せない様子だ。

当然である。

目の前の魔王が、最近見知った顔であったからだ。

玉座の間に座っているのは、最近学園に入るや否やすぐにトラブルを起こした編入生であった。

──クオンだった。

「ふーっふっふっ！　驚いたか、勇者どもめ！　謎多き学園の美少女編入生、その正体はなんと魔族の正統にして高潔な王、魔王だったのじゃっ……！」

「…………」

クオンが玉座から下り、背中のマントを翻しながら威勢よく声を発する。

彼女の長い黒髪がふわりと揺れる。闇よりも黒く、美しく輝くその髪は、以前学園で見た彼女の特徴的な髪で間違いない。

学園で見た時とは違い、頭に二本の角が生えている。

だがそれは些細《ささい》な違いにほかならず、目の前の少女はどこからどう見ても編入生のクオンだった。

「どうじゃ⁉　驚いたかっ⁉　知らぬ間に魔王であるわらわに日常を侵食されており、驚《きょう》愕《がく》しておるか⁉」

「…………」

「な、なんじゃ……!?　なんとか言え、お主らっ！　びっくりして声も上げられないか!?」

元気の良いクオンとは対照的に、勇者の面々はとても残念そうな、がっかりした表情を見せている。

はぁ、と大きなため息をつきながら、口を閉じて沈黙している。

当てが外れた、とでもいうように意気消沈してしまっている。

「な、なんじゃ？　お主ら……？　なんか元気がないように見えるのじゃが……？」

「あのなぁ、クオン……」

がっくりとしながら、カインが言う。

「俺らはお前が偽物だってこと、もう分かってるから……」

「……はぁ？」

うなだれながらカインが語る。

「俺たちは以前本物の魔王と戦ったことがあるんだよ。なんでこんな大仕掛けを用意したのか分からねえけど、からかいたいのなら他を当たってくれ。お前の遊びに付き合うほど暇じゃねえんだ、俺ら」

カインがクオンの肩をぽんぽんと叩《たた》く。

彼らは本物の魔王を見たことがある。一年前に戦ったのだ。

大きな体躯《たいく》で、顔には目が三つ付いていた。そもそも男性であり、目の前の自称魔王とは似ても似つかない容姿をしている。

クオンがあの時の魔王でないことは明らかだった。

「俺が魔王軍に所属していた時も、彼女の姿は見たことなかったな」

「だろ？」

「やはり偽物か」

ついでに元魔王軍大隊長のヴォルフも証言した。

満場一致で魔王偽物判定がクオンに下った。

「は……、はあああああああああああああぁぁぁぁぁぁぁっ……!?」

そんなカインたちの反応に、クオンが驚きの声を発する。

「お主らっ!?　わらわを疑うのかっ!?　違う！　違うのじゃっ……！　あっちの方が偽物なのじゃ！　わらわこそが由緒正しき本物の魔王なのじゃ！」

「はいはい」

「むがーーっ！　なんじゃその適当な反応っ！　違うのじゃ！　あんな下賤《げせん》な輩《やから》が本物の魔王であるはずなかろう!?　高貴なわらわこそが、正真正銘本当に本物の魔王なのじゃぁっ！」

「はいはい」

クオンがカインの体をぽこぽこ叩《たた》く。

けれどカインは気にしない。まるで子供でもあやすように適当にあしらっていた。

「大体、この城に立ち塞がる防衛戦士も皆おかしかったんだよ。まともな敵が一人もいなかったじゃねえか。なんか変だなぁとは思っていたが、ただの悪戯《いたずら》だったとは……」

「い、いや、彼らはわらわに長年仕えるれっきとした優秀な臣下なのじゃが……」

「もしそれが本当だとしても、それであれなの？」

カインが眉を顰《ひそ》める。

個性豊かな戦士しかいなかった印象がとても強い。

「……じゃ、帰るか？」

「そうだね」

「ここにいる意味ないものね」

「待てーーーっ！　待つのじゃーーーーっ！」

この城にもう用などないと言わんばかりに、カインたちは踵《きびす》を返そうとする。

しかし、自称魔王が大声を出して皆を呼び止めた。

「しれっと帰ろうとするんじゃない！　無礼者どもめ！　わらわは本当に魔王なのじゃ！

以前お主らと戦った者が魔王を名乗っているのにはわけがあるのじゃ！」

「……わけってなんだよ」

「それはちょっと……今この場では話しづらいのじゃが……」

「はい、帰るぞー」

「待てーーーっ！　待つのじゃーーーーっ！」

言いよどむ彼女に対して、またカインたちがさっさと帰ろうと歩きだすのだが、クオンが素早く動いて出入り口の扉の前に立ちはだかった。

「ここから出さぬっ！　出さぬぞー！　そう簡単に帰れると思うなよぉっ！」

「…………」

クオンが泣きそうになりながら勇者たちの行く手を阻む。

「わらわがお主たちをこの城に招いた理由は二つ！」

彼女は力強く叫ぶ。

「一つは勇者らを力で打ち倒し、屈服させ、わらわの子分とすることじゃっ！」

「……あいつ、強引に話を進めようとしてないか？」

「私たちを説得するの諦めたのでしょうか？」

「うるさいっ！　そしてもう一つは、お主たちの隠している魔法使いの力を自分のものとするためじゃっ！」

「……む？」

クオンがびしっとカインたちに向けて指を差す。

彼女のその一言によって、カインたちの様子が変化する。

緩んでいた彼らの気が引き締まる。

「わらわは分かっておる。お主ら勇者パーティーの中には一人、魔族の力を用いる魔法使いがいる。そしてそやつの存在を過剰なまでに隠しておる。そうじゃろう?」

「……………」

「ぬはははは！　やっと真剣な表情になったか！　愚か者どもめ！」

険しい顔つきになるカインたちを見て、クオンが愉快そうに笑う。

彼女の言っていることは事実であった。だからこそ、カインたちは真剣にならざるを得ない。

クオンは続ける。

「そして、ここから先は人間であるお主らは気付いていなかったかもしれんが、その魔法使いの中に宿った魔族の力は、わらわたち魔族全体にとっても特別な力じゃった。その魔法使いは先祖返りによって魔族の力を有しておったらしいが、その先祖こそが魔族にとって特別な存在じゃったのじゃ」

「……なんだと?」

「その魔法使いの大先祖の名はリリス！　原初にして最強のサキュバスなのじゃ！　お主たちの魔法使いは、大悪魔リリスの力を引き継いだ正当な後継者なのであるっ！」

「…………」

クオンの話を聞き、勇者一行は驚きを隠せないでいた。

その話は仲間である彼らも今初めて聞いた。恐らく、本人も知らなかったことだろう。

皆の顔が強張《こわば》る。

「わらわはその力が欲しい。その魔法使いから力を吸収し、大悪魔リリスの力をわらわのものにしてやるのじゃ」

「吸収、だと……？」

「しかし、お主らはその魔法使いの存在をひたすら隠した。吟遊詩人には語らせず、世に出さず、自分たちの切り札として必死に隠した。その存在を悟らせまいと、かなりの情報操作を行っておる……」

彼女は大仰に肩を竦《すく》める。これまでの調査の苦労、面倒などを思い返すかのように大袈裟にため息をつき、首を横に振る。

「だが、わらわは見つけた……」

そして顔を上げ、にやりと笑った。

クオンは一人の女性を指差す。その指の先にはリズの姿があった。

「その隠された魔法使いこそ、そこにいる学園生、リーズリンデなのじゃろう!?　そうなのじゃなっ!?」

「くっ……！」

「ふはははっ！　見つけた！　見つけたぞっ！　勇者たちの隠していた切り札の正体を、わらわは明らかにしたのじゃっ……！」

クオンは高らかに笑い、カインたちは苦々しげに顔を歪《ゆが》ませた。

思い返せば、リズをこの城に無理やり連れてきたのが、ほかならぬクオンなのである。

彼女の狙いは初めからリズの魔族の力だった。

もうクオンが本物の魔王であるかどうかなど関係ない。

カインたちの抱えている秘密はバレて、彼らは目の前の敵を倒さなければならなくなった。

「さぁ、覚悟せよ！　勇者ども！　わらわはそこの魔法使いの力を吸収し、自らの魔の格を上げるのだぁっ！」

「……それができると思っているのか？」

カインたちは武器を構え、闘志を高める。

彼らはもう退くことができない。全力で目の前の敵を打ちのめす意思を固める。

それに呼応するかのように、クオンの体の魔力も高まりを見せる。

お互いが臨戦態勢に入る。

「ぶっ倒す……」

「負けるのは貴様らじゃ」

お互いの殺気が交錯し、火花がバチバチと散る。

今すぐにでも戦いの幕が開きそうなほど、お互いの闘志が高まり合っていた。

「あ、あの～……」

「ぬ？」

その中で、リズがおずおずと手を上げた。

「その、クオン様……。違いますよ？」

「ぬぬ？」

「私はその魔法使いとは全然違いますよ……？」

皆がやる気になっている中でただ一人困惑の表情を浮かべながら、リズは言う。

「私がカイン様たちと出会ったのはついこの前なので、クオン様がおっしゃっているその魔法使いの方と私は、全然別人ですよ？」

「なんじゃと……？」

「私、魔族の力なんて持っていませんし、何よりカイン様たちの仲間になったのが最近のことなので、クオン様の言う条件には全く当てはまらないのですが……？」

「……？」

リズは本当に本気で困惑しながら言い、クオンも怪訝《けげん》な表情になる。

「お主はこやつらの仲間なのじゃろう？　これまでずっと一緒に力を合わせて旅をしていたんじゃよな？」

「いえ、カイン様たちの旅に同行した経験はありません。カイン様たちが学園に編入してきた日に彼らと初めて出会いました。それだけでクオン様のおっしゃっていることが全然違っていることがお分かりでしょう？」

「え、えぇっと……？」

「私からすると、なぜクオン様がそんな誤解をしたのかが全く分からないのですが？」

お互いが首を捻《ひね》りながら喋《しゃべ》る。

二人の頭の上にハテナマークが浮かぶ。

「あ、あれ……？　そうなのじゃろうか？　嘘《うそ》を言っている感じでもないし……？」

クオンが戸惑いを見せる。

彼女から見ると、リズの反応には嘘がなく本当に困っているように見える。リズの様子には何の裏表もないように感じられた。

「……わらわは何か勘違いをしている？　何か情報を読み誤っておる？」

「多分、人違いかと……私はサキュバスじゃありませんし……」

「…………」

クオンが腕を組みながら、うーんと唸《うな》る。

リズを観察する限り、彼女は最初から最後まできょとんとして困っていた。

動揺を隠そうとしたり、ポーカーフェイスを保とうとするなど、そういった演技のような挙動は一切見られなかった。

もしかしてわらわが何か間違っている……？

クオンが動揺する。

リズはリズで、カイン様たちが焦った様子を見せるのは、目の前の敵に対するブラフなんだろうなぁ、皆様迫真の演技だなぁ、などと考えていた。

「わ、分かった。わらわが何かを間違えていたのかもしれん。取りあえず、この件は保留とする……」

「私もそれがいいと思います……」

「…………」

「…………」

二人して何か釈然としない様子を見せながら、この件に関する論議は幕を閉じた。

「おい、あいつ騙《だま》されやがったぞ」

「信じちゃったね」

「ちょろいわねぇ」

「む……？　そこ、何をひそひそ話しておる？」

「いえなにもー？」

カインたちは小声でクオンのことを馬鹿にした。

「ま、まぁ、このことは置いておこう！　だがわらわにはもう一つ目的がある！　さっき話した、勇者をわらわに屈服させることじゃ！　そっちの方を果たさせてもらおう！」

気を取り直すように、胸を張りながらクオンが大きな声を出す。

「もう気ぃ抜けまくりだから帰っちゃダメか？」

「ダメじゃっ！」

カインがだるそうに尋ねるが、この部屋の出入り口は、今もクオンが押さえている。帰してもらえそうにないので、カインたちは残念そうな顔をした。

「いくぞっ！　勇者どもよ！　魔王であるわらわとの大決戦じゃっ！」

「やる気出ねぇんだけど……」

「出せっ！」

カインが大きなあくびをする。

「来週とか、来月とかじゃダメ？」

「ダメじゃ！　そうやってなぁなぁになって、伸びに伸びるんじゃろっ！」

「いや、なんかもう眠くなってきたしさ」

「そんなにイヤかっ！」

カインがぶつくさ文句を垂れる。

この魔王城に来てからというもの、変な敵、変なイベントばっかりが起こり、もうカインの緊張感は完全にゼロになってしまっていた。

「えぇいっ！　問答無用じゃ！　こっちから行かせてもらう！　覚悟せよ、勇者よっ！」

「ちぇー」

埒《らち》が明《あ》かないため、クオンが先に攻撃を仕掛けた。

カインはだるそうに口を尖《とが》らせ、その攻撃を弾く。

緩い感じで戦いが始まった。

「だあああああああぁぁぁぁっ……！」

「ふんっ！」

クオンが闇の魔術で作った槍《やり》を幾本もカインに向けて飛ばす。

しかし、それをカインは飄々《ひょうひょう》と聖剣で弾き飛ばす。

攻撃をしのぎ切り、カインが攻勢に出る。強靭《きょうじん》な脚力で一気にクオンに迫り、目にも止まらぬ速さで剣を振るう。

「よっと」

だが、クオンもそれを軽く躱《かわ》す。

背中の黒い翼を羽ばたかせ、空を飛んでカインから距離を取った。

「どうやら口だけじゃねえようだな……」

宙に浮かぶクオンを見上げながら、カインはそう呟《つぶや》く。

たった一合のやり取りで、彼女が相当の実力者であることを彼は悟った。

「皆、戦いが始まったよ。妙な空気だけど気を引き締めていこう」

「分かってるわよ！」

勇者の仲間たちも戦闘態勢に入った。

武器を強く握り、体中に魔力を漲《みなぎ》らせ、それぞれ自分の役目を果たしていく。

空を舞うクオンに対し、勇者一行の皆が空中に魔力の足場を作って、その上を飛び跳ねながら彼女を追う。

「ふんっ！」

「ちっ……！」

しかし、カインたちの攻撃はクオンに当たらない。ふわりふわりと宙を飛びながら、鮮やかにカインたちの攻撃を躱していく。

「こっちからも仕掛けさせてもらうのじゃ！」

クオンが大規模魔術を展開する。

無数の闇の球が作り出され、それが撃ち出される。

一つ一つの球はさほど大きくないが、数が尋常ではなく、まるでこの大広間全てを埋め尽くすかのように大量の闇の球が飛び交った。

「しゃらくせぇ！」

しかし、その攻撃も勇者たちは凌《しの》ぎ切る。

弾き、躱《かわ》し、斬り、常軌を逸した攻撃の群れをやり過ごす。

「リズは私の後ろから離れるなよっ！」

「あ、ありがとうございます、シルファ様！」

シルファはリズを守っていた。リズ一人ではクオンの攻撃から自分の身を守り切れない。だからシルファが魔法剣によって彼女を援護していた。

「大丈夫さ。リズも幻術やバフ・デバフで援護してくれ。期待しているぞ？」

「は、はいっ……！」

この中で一人だけ実力が大きく劣るリズであったが、それでもへこたれず、なんとか皆の役に立とうと一生懸命頑張っていた。

「クオンめ、結構やるじゃねえか。じゃあ、これならどうだ？」

空中を飛び跳ねていたカインが床に降り、聖剣を振るう。

強力な斬撃が飛び、クオンに向けて一直線に襲いかかった。

「ふふふ、無駄じゃ、無駄」

彼女はそれをあっさり躱す。

一方向からの単純な攻撃など絶対に当たらないとでもいうように、人を小馬鹿にする笑みを浮かべながらクオンはひらりと宙を舞った。

「む？」

しかし、すぐに異変が起こる。

カインが飛ばした斬撃がぐるりと向きを変え、再度クオンに襲いかかった。

「わわわっ⁉」

びっくりしながらも、なんとかクオンがそれを躱《かわ》す。

しかしまたその斬撃が方向転換し、クオンに向かって飛んでいく。

「な、なんじゃぁっ……⁉」

困惑しながらクオンは逃げまどう。

だけどそのたびに聖剣から放たれた斬撃は蛇のようにぐねぐねと曲がりくねり、何度だって彼女に向かってその方向を修正する。

クオンがいくら避けても、いくら逃げても、その斬撃は彼女を追った。

「なんじゃ、このしつこい斬撃はぁっ⁉」

クオンが泣きそうな声を発する。

斬撃を遠距離まで飛ばすことのできる剣士は多い。

しかしその斬撃を放った後で操り、方向や速度を変えることのできる剣士はほとんどいなかった。放たれれば一直線に飛んで終わり。それが普通であった。

しかし、カインの放った斬撃は自由自在に動かすことができる。

それがカインの持つ聖剣の能力の一つであった。

彼は放った聖剣の斬撃をコントロールし、クオンに連続で攻撃を仕掛ける。息をつく間《ま》も与えないほど、その斬撃は速くしつこく何度もクオンに襲いかかった。

「やぁっ！」

「はぁっ！」

「……っ⁉」

そして、クオンがその斬撃を躱すために無理に身を捻《ひね》ったタイミングで、ミッター、レイチェル、ヴォルフの三人が息を合わせてクオンに攻撃を仕掛けた。

この上ない最高のタイミング。

常人ならばなす術《すべ》もなく、甘んじてその攻撃を身に受けてしまうだろう。

「……なぁっ！」

「くそっ！」

しかし翼を大きく羽ばたかせ、クオンはそれを躱した。

三人の武器が空を切る。

しかし、勇者たちの本命の攻撃はこれからだった。

「皆、よくやった……」

カインは小さくそう呟《つぶや》き、手に持つ聖剣に強く力を込める。

すると先ほどの聖剣の斬撃が十に分裂し、数を増やしてクオンに襲いかかった。

「なあああああああぁぁぁぁぁぁっ……!?」

いきなりしつこい斬撃が十に増え、クオンが驚愕《きょうがく》の声を発する。

「これで終わりだ……」

十の斬撃はクオンを取り囲むように彼女の周囲を舞い、そして一斉に襲いかかった。

絶対回避不能のタイミング。ミッターたちによる攻撃でクオンの体勢は大きく崩れている。

そんな中で、このカインの攻撃を避けられる敵などいない。

これはそんな必殺の攻撃であった。

「………」

――しかし、クオンはそれを躱《かわ》した。

「なっ……!?」

「なんだとっ……!?」

皆が目を見開き、体を震わせる。

クオンはカインの渾身《こんしん》の攻撃を見事に躱した。

全方向から飛んでくる十の斬撃の隙間を縫うようにして軽やかに体を動かし、間一髪その攻撃を避けた。

それはまさに針の穴を通すかのような神業だった。

避けられる場所などどこにもないような複数の斬撃なのに、誰も気付けないだろう僅かな隙間を潜《くぐ》り抜け、クオンは見事その攻撃を避け切った。

カインの仲間たちは、信じられないもののようにその光景を眺める。

「なんちゅー危ない攻撃をぉ！　ほれっ！　『ブラックキャノン』！」

なんとか攻撃から逃れたクオンは、強烈な闇の魔術を両手から放つ。

砲撃のような極太の闇の波動が勢いよく飛び出し、十の斬撃を呑《の》み込み、消滅させる。

苦心させられた聖剣の斬撃を処理し、クオンはふぅと息をついた。

「ふふふ……、ふははははっ！　見たか!?　このわらわの実力をっ！　散々舐《な》めてくれおって！　もう謝っても許してやらんぞぉっ……！」

「…………」

クオンが勝ち誇ったように笑う。

頬は上気し、とてもとても嬉《うれ》しそうな様子だった。

それに対して勇者の仲間たちは眉間に皺《しわ》を寄せ、険しい顔付きになっている。

「どうじゃー？　どうじゃー？　恐れ入ったかー？　このわらわの実力に怯《おび》えて声も出ぬ

か｜？　ふっはっは！　いい気味じゃー、いい気味じゃーっ！」

「………」

皆の様子を見て、クオンの胸には楽しさが込み上げてくる。ムカつくほど顔をにやけさせながら、ケラケラと笑って煽《あお》ってくる。

ただ、その挑発には乗らず、カインはじっと思考をしていた。

「……あの避け方、明らかにおかしかったよな？」

剣の構えを解き、腕を組みながらカインは呟《つぶや》く。

「カイン様？」

「……あいつ、最後の斬撃の分裂攻撃を完全には捉え切れていなかった。死角からの攻撃を感知していた様子もないし、驚いて一瞬動きを止めていた。俺の攻撃を把握していなかったのに、完璧に把握できたかのように避けていた……」

「ど、どういうことです……？」

「そうだな……、俺の攻撃には対応できていなかったけど、どう避ければいいかだけは分かっていた、みたいな感じか？」

「……ふふ」

カインは思考を続ける。

「俺の心を読まれた？　いや違う。驚いていたんだからそれはない。驚いていたのに動き出しは早かった。過程を経ずに答えだけを導き出すような、因果系の能力。特殊で繊細な魔術だと考えるのが妥当なところか？」

「ふふふ……はははははっ……！」

カインの言葉を聞いて、クオンが高らかに笑い始めた。

「いかにも！　さすがは勇者よ！　たったあれだけの攻防でそこまで読まれてしまうとは！　さすがは人族最強の男じゃ！　お主の予想はそう遠くはないぞ！」

「………………」

クオンが大きく両手を開きながら叫ぶ。

「ではわらわの能力を教えてやろう！　震えながら聞くがよい！　わらわのこの魔術は『予知回避』！　どう行動したら敵の攻撃を回避することができるのか!?　その方法だけに絞って予知を発動させるという最強の魔術じゃっ！」

「予知、回避……？」

「いかにもっ！」

彼女は空を飛びながら自信満々に胸を張り、言葉を続ける。

「敵がどんな攻撃を仕掛けてくるか分かるわけではない。しかしっ！　予知通りに行動さえすればどんな敵の攻撃も回避することができる！　先ほどの十の斬撃も、わらわはその軌道を感知していたわけではなかった！　しかし、どう体を動かせば回避できるのかだけは分かっておったというわけじゃぁっ！」

「…………」

皆が驚き目を丸くする。

「どうじゃ!?　恐れ入ったかぁ!?」

「普通に強い」

「じゃろうっ!?」

彼女は鼻高々になった。

『予知回避』。それが強力な魔術であることは、この場にいる誰の目にも明らかだった。攻撃を回避する明確な指針がある。恐らく最後の十の斬撃だけでなく、その前の三人の同時攻撃も、その前の斬撃の追尾攻撃も、あれもこれもその能力によって回避されていたのだろう。彼らはそう考える。

カインたち全員の攻撃を受けて、なお無傷という、凄《すさ》まじい事実がそこにあった。

「……でも自分の能力を、こんなふうにペラペラ喋《しゃべ》るのはどうなのだろうか？」

「バカなんじゃねえの？」

「楽しそうに話していたけど、どう考えても不利になるだけよね？」

「おぉいっ！　今度は聞こえたぞぉ！　お主らわらわをバカにしたじゃろっ……！」

カインたちはひそひそ声で話していたのだが、その声はクオンの耳に届いてしまった。

「ぐぬぬっ！　許せんっ！　まだわらわの偉大さを理解できていないようじゃなっ!?　その身をもって徹底的にわらわの恐ろしさを教えてやるぅっ！」

憤慨しながらクオンが攻撃を開始する。

強烈な闇の魔法が放たれ、爆弾のように至る所で破裂した。

「うおっとっと！」

カインたちはそれを回避する。

膨大な魔力がこもった闇の爆弾がいくつもいくつも爆発を起こし、彼らはその対応に苦心する。ミッターが誰よりも前に出て、大きな盾を使っていくつもの爆弾を弾き飛ばしていた。

「シルファ！」

「分かっているっ！」

カインがシルファの名前を呼ぶ。皆まで言うなというように、シルファはすぐに彼の呼びかけに応じて行動を開始する。

彼女の手に強い魔力がこもる。右手一本で剣を振り、敵の攻撃をいなしながら、左手に魔力を蓄えていく。

それは何らかの魔法の予備動作に見えた。

それを把握し、クオンに警戒心が宿る。

「いけっ！」

「……っ！」

強く叫びながら、シルファは手に溜《た》めた魔力を解放した。

周囲一帯、全方向に魔力の波動が広がっていく。

シルファの放った魔力の波動はすぐにこの玉座の間全体を埋め尽くし、さらには魔王城の外にまで広範囲に広がっていく。

「……？」

しかし、クオンは首を傾《かし》げる。

それは何の攻撃にもなっていなかった。

魔力を炎や雷に変換して攻撃したわけではない。今の行動がクオンにダメージを与えたわけではない。ただ魔力の波動が広がっただけであった。

なんの攻撃力もない魔力の波が、風のように吹き通っていっただけだった。

「……な、なんなのじゃ？」

その行動の意味がクオンには分からなかった。

現に今、自分はどこも傷ついておらず、何の危害も受けていない。

全く害がなく、何の効果もない魔力の波が広がっただけのように見えた。

「次だっ！　食らえ！」

そんなふうにクオンがぽかんとしていると、続けてシルファが攻撃を放ってきた。

今度は先ほどのような意味の分からない魔法ではない。剣を振り、風属性を付与させた魔法の斬撃を放った。

強力な攻撃がクオンに向かって飛んでいく。

「分からん奴らじゃのう……」

しかし、その攻撃をクオンは冷ややかな目で見ていた。

「予知回避の前にはどんな攻撃も無意味じゃというのに」

いかに強力で素早い攻撃であろうとも、クオンに傷をつけることはできない。予知回避で得た予知通りに動けば、絶対に敵の攻撃は当たらない。

それに、シルファのこの攻撃は愚直なまでにシンプルな斬撃だ。

避けることなど容易《たやす》い。

クオンは余裕で回避した。

――が、シルファの斬撃はクオンの頬を浅く傷つけた。

「……なぁっ⁉」

「よしっ！」

クオンが驚愕《きょうがく》を露《あら》わにする。

自分の頬を敵の攻撃が掠《かす》め、一筋の血が垂れている。予知回避通りの行動を取ったというのに、敵の攻撃は自分の肌を傷つけた。

それも、シルファの斬撃は特殊な攻撃であったわけではない。何の変哲もない魔法剣だったはずである。

「な、なな、なぜじゃ!?　なぜわらわに攻撃が当たる……!?」

なぜ回避できなかったのかクオンには分からず、彼女は混乱した。

「お主ら……わらわに何をしたぁっ……!?」

「言うわけねーだろ！　お前と違ってなぁ！」

「おのれぇっ！」

自分を挑発してきたカインに向かって、クオンがパンチを放つ。

二人の近接戦が始まった。

「な、なにをなされたのですか？　シルファ様……？」

後ろでシルファに守られていたリズが驚きながら質問をする。

どうやら勇者チームの皆はシルファが何をやったのか理解しているようであったが、その中でリズだけが今起こったことを理解できていなかった。

「うむ、リズには話そう。小声で頼むぞ？　あのクオンは地獄耳のようだからな」

シルファがリズに身を寄せながら説明をする。

「私が斬撃の魔法剣の前に放った魔力波の魔術、あれは『精神汚染』の魔術だ」

「『精神汚染』……？」

リズが目をぱちくりさせる。

「そうだ。精神の機能を狂わせて、敵のあらゆる行動、あらゆる魔術を阻害していく、地味に嫌な魔術だ。今回はクオンの精神に干渉して予知回避魔術の行使そのものを狂わせるために、この術を使用した」

シルファが説明する。

「総じて『予知』というのは複雑で繊細な魔術だ。少し狂いが生じただけで簡単に破綻《はたん》してしまう。『精神汚染』の魔術の効果は薄いのだが、ちょっとでも相手を狂わせ、少しでも魔術の行使を妨害してしまえば、予知は呆気《あっけ》なく瓦解《がかい》していく……。こんなふうに、なっ……！」

そう言いながら、シルファはまた『精神汚染』の魔術を放った。

先ほどと同じ魔力の波が一瞬で大広間全体を覆っていく。

「がーっ！　何かはよく分からんのじゃが、この魔術じゃな!?　この魔術が悪さしとるんじゃなっ！」

「賢いじゃねえか、褒めてやるぞクオン！」

「バカにしてるじゃろ、お主っ！」

クオンとカインは未《いま》だ激しいバトルを繰り広げている。

浅くはあるものの、カインたちの攻撃はクオンに届きつつあった。

「そ、それにしても対応が早いですね、シルファ様。さすがです」

「予知使いとは前に戦ったことがある。経験だな。この戦法は複雑で繊細な魔法を使う敵に広く有効だったりする。覚えておいて損はないぞ」

「へぇー」

リズが感心する。

「リズも手伝ってくれないか？　『精神汚染』は見た目以上に複雑な術だ。私一人ではちょっと十分に効果を発揮させられない」

「えっ!?　でも、私『精神汚染』なんて魔術使ったことないですよ!?　学校で習うこともありませんしっ……!?」

「まーまー、なんとかなるだろうから、やってみてくれ、リズ」

「いやいやいやっ!?　すみませんができませんって！　見様見真似では無理ですって！」

「まーまー、とりあえずやってみてくれ。な？　リズ、大丈夫だって」

「できませんよっ!?　できませんって!?」

リズがぶんぶんと首を振る。

「……できたっ！」

しかし、試しにやってみたらできた。

精神汚染の魔力の波動が広がっていく。

「えっ!?　なんでできたの、私!?　なんで!?　なんでっ……!?」

「さすがはリズだ」

「いや、なんでっ!?」

あっさりと成功し、自分で自分が分からなくなるリズであった。

「むがああああああああああぁぁぁぁぁぁぁぁっ！」

度重なる魔術の妨害に遭い、クオンがイライラした様子で叫び声を上げる。

カインの攻撃を強く弾き、彼から一旦距離を取った。

「はぁっ、はぁっ……なかなかやるではないか、勇者どもよ……」

「……俺もビックリだ。まさかお前とこんなガチバトルになるとは思わなかった」

この場にいる皆が軽く息を荒らげている。

お互いの実力が拮抗《きっこう》し、熱い戦いが繰り広げられていた。

「いやほんと、お前ただのへっぽこキャラだと思っていたが、いやはや……」

「お主らいちいちわらわをバカにしないと気が済まないのかぁっ!?」

クオンが憤慨《ふんがい》する。

しかし勇者パーティーの皆は純粋に驚いていた。

以前、予知使いと戦った時は、精神汚染の魔術によって予知の魔術を打ち破ることができた。

しかし、目の前の敵は容易《たやす》く崩れない。

精神汚染の魔術を使っても、予知回避の魔術を完全に妨害することができず、敵は未《いま》だ自分たちと互角の戦いを繰り広げている。

魔術そのものに対する基本的な防御力がとても高い。

自称魔王。

その看板に偽りはなく、本当に強力な実力者であることを勇者たちは肌で感じ取っていた。

「ふっふっふ。人間相手にここまで楽しめるとは思ってもみなかった。褒めて進ぜよう。光栄に思うがよいぞ?」

「……そりゃどーも」

「では、わらわも本気を出すとしようか……」

「なに?」

クオンの言葉に、カインの眉がぴくりと動く。

皆の間にも緊張が走った。

「これから見せるのはわらわの最強武器じゃ。魔族の土地の奥深く、闇を凝縮した闇から作られた伝説の武器。わらわが誇る究極の宝じゃ」

そう言いながら、クオンが腕を上げて手のひらを高くかざす。

すると恐怖を感じるほどの、昏《くら》く凍てつくような闇が彼女の手のひらに集まっていく。

「わらわがこれを使う機会は滅多にないぞ？　分かるか、この強大な力が。我が宝を拝見できる喜びに身を震わせるがよい」

「くっ……！」

クオンが言っていることは大袈裟なことではなかった。彼女の手のひらに集まる膨大な魔力の量を感じ取り、皆がそう直感する。

これより顕《あらわ》れるのは、魔族の歴史の中でも伝説に類する最高の武具なのだろう。

究極の存在の出現を感じ取り、勇者一行の皆は体を強張《こわば》らせた。

クオンが叫ぶ。

「出でよっ！　我が最強の武器！　闇より深き闇の王よっ！」

「おっ、おおおおぉぉぉぉぉっ……!?」

まるで世界の全てが震えるような衝撃が走る。

彼女の手に集まっていた闇が形をなし、物質化した。

クオンがにやりとする。

まるで世界の全てを手にしたかのように威風堂々と、その闇の武器を高く掲げ、彼女の全身から強力な魔力が迸《ほとばし》った。

「なっ……？」

「そ、それは……？」

クオンの手に握られている武器を目の当たりにし、勇者たちは皆、驚き固まる。

信じられないものを見たような気持ちになっていた。

彼女は誇示するかのように、武器を頭上に高く掲げている。

魔族界最強の武器を手に、不敵な笑みを浮かべていた。

──クオンの手には大きなピコピコハンマーが握られていた。

「って、なんでだよっ!?」

カインが突っ込む。

「な、なんじゃ……？」

「なんだよ、その武器!?　ピコピコハンマーじゃねえか!?　おもちゃじゃねえか!?」

クオンの手に握られているのは、どこからどう見ても大きなピコピコハンマーであった。

最強だの伝説だのと言われていた武器は、子供のおもちゃのような形をしていた。

「なっ……!?　ち、違うっ！　おもちゃではない……！　これは正真正銘わらわの最強武器なのじゃ！」

「遊んでんなら帰るぞっ！」

「違うのじゃー！　これは本当に伝説の武器なのじゃー！　本当に強いんじゃー！」

ピコピコハンマーを持ちながら、クオンが泣きべそをかいて訴える。

「全く！　やっと真面目なバトルになってきたかと思ったら、すぐこれだよ！　おもちゃ持ち出してんじゃねえよっ！」

「信じてくれー！　わらわは真面目にやっておるのじゃー！　この『闇より深き闇の王《ダーカー・ダークキング》』こそわらわのベストな武器なのじゃー！」

「無駄にかっこいい名前やめろっ！」

カインはお怒り気味だった。

せっかく盛り上がってきた気分に、冷や水を浴びせられたような気持ちになっていた。

「大体この城、最初から最後までおかしいんだよっ！　なんだよっ！　ダッチワイフゴーレムって!?　あいつの存在が一番意味分からねえんだよっ！」

「あ、あやつは父上がまだ童貞だった頃から愛用していたダッチワイフ人形で、五百年近くの妄執がこもって魂が宿ったゴーレムなんじゃ！　長年王家に仕える忠臣ぞ?」

「聞きたくなかった！　そんな情報！」

先ほど戦った強敵のバックストーリーを聞き、カインは嘆いた。

この城はおかしいことだらけだった。

「取りあえずもっと真っ当な武器を出せ！　剣とか、槍《やり》とか！」

「何度言ったら分かってくれるのじゃ!? この『闇より深き闇の王《ダーカー・ダークキング》』こそわらわの最強武器なのじゃぁ！ よく聞けっ!? このハンマーで敵にダメージを与えると、そのダメージ分だけ敵の力を吸収することができるのじゃ！ 敵にダメージを与えた分だけ自分を回復するもよし、強化するもよし！ さらには敵の肉体だけでなく体の中の魔力にも直接ダメージを与えることができる！ 相手に傷を負わせれば負わせるほどわらわは強くなれるのじゃ！」

「確かに話を聞く限り強いけどさっ！」

ピコピコハンマーの能力は『吸収』であった。

相手に与えたダメージを自分の力に変換することができる。その能力はカインも素直に強いと思った。

「分かってくれたかっ!?」

「でも絵面をなんとかしてくれぇ！」

「わらわの『闇より深き闇の王』をバカにするなーーーっ！」

「その中二病もなんとかしてくれぇっ……！」

注文の多いカインであった。

その一方で、彼の仲間たちがひそひそ話を始める。

「でも敵の能力の情報手に入れることができたね。ラッキーじゃない？」

「あいつがまたペラペラ自分の能力喋《しゃべ》っただけよ。ただのアホ」

「いや、あの状況だったら俺でも喋りたくなったかも……」

「またひそひそとぉ！　わらわのことバカにしとるのかぁ⁉」

「いえなにもー？」

カインが敵の能力を喋らせることに成功したのか、クオンが自爆気味に自分の能力を喋ってしまったのか、判断が難しいところだった。

「ムキーーーッ！　もう怒った！　問答無用！　このハンマーの恐ろしさを骨の髄まで分からせてくれるわ！　食らえっ！」

「くそっ……！」

敵からの終わりのないクレームを断ち切るかの如く、クオンが強引に襲いかかってくる。

カインが聖剣で彼女の攻撃を受け止める。

「だあああああぁぁぁぁっ！」

「くそったれ！」

ピコン！　ピコン！

気の抜けた音が玉座の間に響く。

聖剣とピコピコハンマーが打ち合わされる奇妙な絵面が生まれ、互いの武器がぶつかる度に、ピコン！　ピコン！　とハンマーから可愛らしい音が鳴る。

「集中欠けるんだけどっ⁉」

「我慢しとれっ！」

敵から我慢を要求される奇妙な戦いが始まっていた。

カインとクオンの近接戦での実力はほぼ拮抗《きっこう》していた。

「くっそ！　俺の聖剣がこんなバカげた武器と互角だなんて、悲しくなってくるわ！」

「あたしも同じハンマー使いとして悲しくなってくるんだけど……」

誇り高き戦士レイチェルが、切なそうな顔をする。

世界最高峰の決闘は悲しみばかりを生んでいた。

「どこまでもわらわのことをバカにしてーっ！　食らえーっ！」

「うおっ⁉」

クオンがピコピコハンマーを大きく振り、床に叩《たた》きつける。

いちいちピコン！　と軽い音が鳴る。

しかし、その音に似つかわしくないほど凶悪な威力をもった衝撃波が、ハンマーを中心に周囲に広がっていく。

「サラウンドシールドッ！」

騎士のミッターが魔力で盾を大量に作り、全方向に広がる衝撃波を取り囲むようにして防ぐ。

しかし、その盾は衝撃波の威力に打ち負け、ひびが入ってバラバラに砕けた。だが、それでもクオンの衝撃波の威力を大分削ぐことに成功していた。

威力が減衰した衝撃波を各自で防御しながら、カインがクオンに攻撃を仕掛ける。

「はぁっ……！」

カインが剣を振り、自由自在に操ることのできる斬撃を飛ばす。

しかも今回は最初から十本の斬撃の光が同時に飛び出した。

「ぬぬっ……⁉」

飛ぶ斬撃はカインのコントロールによってぐねぐねと曲がりながら、クオンの持つピコピコハンマーに絡みつく。

カインは、まず武器を拘束しようと考えていた。十本もの強力な斬撃の光がハンマーに纏《まと》わりつき、その動きを封じようとする。

「しゃらくさいっ！」

しかし、クオンはそれを強引に引きちぎる。

「『精神汚染』っ！」

ピコピコハンマーを大きく振り、力ずくで聖剣からの斬撃を振りほどいた。

「ぬぬっ……⁉」

だが、クオンが強引にハンマーを振ったことで隙が生まれていた。

それを見逃さず、リズとシルファが精神汚染の魔力波を放つ。

クオンの体が小さく震えた。

「黒槍《こくそう》っ！」

「わわわっ……!?」

ヴォルフが漆黒の力を纏《まと》わせた槍《やり》を勢いよく投擲《とうてき》する。

禍々《まがまが》しい力が風を裂きながら、強烈な迫力とともにクオンへと向かっていく。

「危ないっ！」

しかしクオンはそれを間一髪で躱《かわ》す。

垂直に飛び上がり、背中の翼を羽ばたかせながら上の方向へ逃れる。

「ちっ……」

ヴォルフの槍はクオンの体を掠《かす》っただけであった。投擲した槍は自動的に彼の手元に戻っていく。

「ぐぬぬぬっ……！　おのれちょこまかちょこまかとっ！　こうなれば全員纏めて吹き飛ばしてくれるわぁっ！」

上空を飛びながら、クオンは自分の武器に大量の魔力を注ぎ込む。

大技の準備だ。

敵の姿は全て眼下に収めている。強力な技で、勇者一行を一網打尽にするつもりであった。

それに対し、勇者たちも身構える。

「あのピコピコハンマーの能力を考えると、長期戦は不利だ！　ここで決めるぞっ！」

「おうっ！」

「ピコピコハンマーではなく、できれば『闇より深き闇の王《ダーカー・ダークキング》』と呼んでくれんかのぅ？」

「うるせっ！」

カインたちはクオンの大技を真っ向から打ち破るつもりであった。

皆が自分の武器に強い力を込めていく。

空気が震えるほどの緊張感が場に張り詰める。

力を溜《た》めていたのはほんの数瞬のこと。しかし、その数瞬が永遠とも思えるほど、皆が極限まで集中を高めていた。

そして、クオンが目を大きく見開く。

「ゆくぞっ！　『闇の王の偉大な星《ダークキングズ・グランドスター》』！」

彼女が力強くピコピコハンマーを振る。

すると、ハンマーから星の形をした魔力の塊が飛び出した。

大きな星形の魔力の塊は全部で十個ほど生み出され、勇者たちの頭上へと落ちてくる。

強大な力がこもった大きな星が、勇者たちを押し潰そうと襲いかかってくる。

カインたちはそれを迎撃する。

「聖剣よっ！　力を解き放てっ！」

「魔法剣、最大出力っ！」

「誇り高き我らが槌《つち》よっ……！」

「はあああああああぁぁぁぁっ……！」

それぞれが渾身《こんしん》の技を繰り出す。

力強く武器を振るい、膨大な魔力がこもった究極の技を撃ち出していく。

全力と全力がぶつかり合い、玉座の間全体に激しい衝撃が走った。

「わわっ!?　わわわっ……!?」

「うおおおおぉぉぉぉぉぉっ!?」

「きゃあああああああぁぁぁぁぁぁっ……!?」

この場にいる全員の最高の攻撃が激突する。

誰も予想できないほどの衝撃が起こり、皆が全身を強く震わした。

この大広間の至る所でお互いの技と技がぶつかり合い、あちこちの方向から衝撃波が発生する。それによって皆が前後左右にぐらぐらと揺さぶられる。

この部屋が、いや、魔王城全体が大きく振動していた。

皆が立っていられず、その場から吹き飛ばされて床に倒れ込む。空中に浮いていたクオンはその場に留《とど》まれず、ふっ飛ばされて壁にびたーんと激突する。

「きゅう……」

クオンは目を回しながら、ずるずると床に落下した。

「ぐ、くうぅ……」

「いたたた……」

皆が床に倒れながら呻《うめ》き声を発する。

やがて衝撃は収まっていく。

城全体の振動も止まり、辺りは静寂を取り戻しつつあった。舞い上がった塵《ちり》や埃《ほこり》が晴れ、視界がクリアになっていく。

「く、くそっ……」

痛む体を鞭打《むちう》ち、尻もちをつきながらカインは上半身を起こす。

とんでもないほど激しい衝撃であったが、あちこちから皆の声が聞こえてくるので、死者がいないことを察して安堵《あんど》する。

とりあえずカインはほっと一息ついた。

「ん……？」

そこで、カインは何か違和感を覚えた。

自分の下半身に何か変な感じがする。何かが伸《の》しかかっているような感覚があり、自由に足を動かせない。

なんかムズムズする……。

瓦礫《がれき》か何かに足を押さえつけられているのか？　と、まだ痛みでくらくらする頭を働かせながら、カインは視線を自身の下半身の方へと動かした。

「……って、何してやがる!?　リズっ……!?」

「きゅう〜〜〜……」

カインに伸しかかっているのはリズの体であった。

先ほどの衝撃で、彼女はカインのいる方向に吹っ飛ばされていた。その勢いで彼女は彼の体にぶつかり、密着することとなっていた。

そして、二人の体勢がとんでもないことになっている。

カインの股の間にリズの頭があるのだ。

彼は今、尻もちをついている。足が開いた姿となっており、リズの上半身が彼の足に挟まるようにして倒れ込んでいる。

つまり、カインの股間部分にリズが顔を埋めている体勢になっていた。

「な、なんだこの体勢はっ……!?」

「………」

ラッキースケベだった。

逆ラッキースケベだった。

「てめぇっ⁉　リズ⁉　どさくさに紛れて何をやっていやがる！　こんな時に遊んでんじゃねぇっ……！」

カインが怒鳴る。

彼は力づくでリズの体を起こし、彼女の顔を自分の股間から剥がした。

「……きゅう」

「ん？」

しかし、そこで気付く。

リズは半分意識が飛んでいた。

衝撃に耐えきれず、ほとんど失神状態にあった。

この逆ラッキースケベはリズが作為的に行ったものではなく、本当に偶然によって生まれた状況だった。

カインは怒るに怒れなくなる。

「…………」

彼は文句を言いたくなる気持ちをぐっと堪《こら》え、リズの体を引き上げ、彼女の体を自分の胸に寄りかからせた。

無理やり起こそうとはせず眠らせたまま、とりあえず彼女の頭の位置を自分の股間から胸の位置にまでずらした。

「……みんな、無事か？」

「あたたたた……カイン殿、私は無事だ……」

「あたしも無事よー。あー、しんど……」

その頃には皆も体を起こしており、カインの近くに仲間が集まってくる。

皆、体のあちこちに怪我《けが》を負っているものの、まだまだ戦闘続行可能な状態だった。

「クオンは？」

「あっちの壁際でぶつくさ文句を垂れてたぞ？　そろそろあいつも起き上がってきそうだ」

「そうか」

敵もまた無事である。

戦いは終わっていなかった。

「まだ納得いかねえが、あのピコピコハンマーは強力だ。俺とミッターは前に出て防御に専念。レイチェルとヴォルフは少し距離を取った位置から攻撃を仕掛けてくれ」

「分かったわ」

「了解」

短い時間で作戦を立てていく。

「精神汚染の魔術はまだ有効だ。シルファ、頼んだぞ」

「うむ、任せてくれ」

「あと、『予知回避』の魔術も完璧じゃないらしい。相手への攻撃時に魔術の精度が下がるのが見えた。攻撃と回避を同時にこなすのは難しいんだろう。カウンターを狙っていくぞ」

「了解！」

「よし、あともうちょっとだ！　気張るぞ……！」

作戦を伝え終える。

戦いを再開させるため皆で気合を入れようとした。

「……ん？」

「…………」

そこで気付く。

リズの頭がずるずると下がり始めていた。

今さっきまで彼女の頭はカインの胸の位置にあり、彼の胸に顔を埋めるようにして気絶していた。

それなのに、どうしてだろう？　彼の体から滑り落ちるようにずるずると、彼女の頭の位置が下がっていく。

「リ、リズ……？」

「…………」

まだ彼女の意識は回復していない。

半ば無意識のままだというのに、彼女の頭の位置は何かに引き寄せられるように下へ下へと向かっていく。

「…………」

そしてまた、カインの股間にリズが顔を埋める形になった。

「くんかくんかくんかすーはーすーはーすーはーっ！　くんかくんか！　すーはーすーはーっ！　くんかくんかすーはーすーはーくんかくんか！　ふしゅううううぅぅっ……、くんかくんかくんかすーはーすーはーすーはーくんかくんかすーはーすーはーっ……！」

「あっ！　てめぇっ!?　このやろっ……！」

リズが突然激しい深呼吸を始めた。

「くんかくんかすーはーすーはーくんかくんかすーはーすーはーっ！　くんかくんかすーはーすーはー……！　ふぃぃぃぃいいいいいっ……！　くんかくんかすーはーすーはーっ！」

「てめぇっ！　今度はわざとだな⁉　離れろっ……！」

「くんかあああぁぁぁぁぁぁぁぁぁぁぁぁぁぁぁぁぁぁぁぁぁぁぁっ！」

カインがリズの体を強引に引き剥がす。

しかし時既に遅し。

リズの表情は大変ご満悦で、幸せそうにほくほくとしていた。

この短い時間でリズは覚醒を成し遂げていたのだった。

「な、なんじゃぁ……？」

こちらに近づいてきたクオンがその光景を見て、意味が分からず唖然《あぜん》とする。

カインの仲間たちはリズのことをよく知っているし、慣れている。

しかし何の前情報もないクオンは驚きを隠せず、今見たものは何かの間違いだったのでは？　と自分の目を疑うほかなかった。

リズにまだ慣れていないヴォルフも少し身を強張《こわば》らせている。

「ふぅ～～……」

リズがゆっくり息を吐きながら、カインから離れて立ち上がる。

しっかりと意識を覚醒させ、リズがクオンと正面から向かい合った。

「初めまして、クオン様」

「………」

二人が初めて相対する。

彼女の様子が先ほどまでとどこか違っている。体の中に流れる魔力の質も量も、今までとは大きく変化しているように感じる。

一体何が起こったのだろうか？

クオンは何か違和感を覚え、動揺して少し身じろぎする。

「リーズリンデと申します。どうぞ、よしなに」

「……な、なんなのじゃ？」

リズが恭《うやうや》しくお辞儀をする。落ち着きのある丁寧な動作で、品の良さが見える美しい作法であった。

逆にその丁寧さにクオンはどこか不気味さを覚えた。彼女はリズに対してあからさまに警戒心を露《あら》わにする。

そして身構え、戦闘態勢をとった。

しかし、リズの次の言葉が、この場にいる誰にとっても意外なものとなった。

「……私は降参いたします」

「ん？」

「え……？」

リズは小さく手を上げて、そう言った。

この場にいる皆がぽかんとした表情になる。

「私は降参します。これ以上の戦いは無用です。このままでは皆様がただ傷つくばかり。死人も出てしまうかもしれません。それならば、私一人の力が犠牲になった方が安いというもの」

「な、何を言っておるんじゃ……？」

「私の力を差し上げる、と言っているんですよ」

リズが小さく笑う。

彼女は降参の意を示した。

クオンは混乱しながら、目をぱちくりさせている。

「クオン様の当初の目的であった、私の力を吸収することができるのです。私の仲間たちを見逃していただくためには、十分過ぎる交渉材料だと思うのですが？」

「し、しかし、お主は大悪魔の力を継いだ魔法使いとは別人じゃと、自分で言っていたではないか……？」

「あはは。それは何というか……先ほどの私は記憶喪失だったと思っていただければ」

「………」

クオンは困惑する。

しかしリズの言っていることには少しだが説得力があった。

何か変化した存在感、豹変《ひょうへん》した佇《たたず》まい。

それはさっきまでの素人《しろうと》丸出し、修業中の学園生という感じではなく、今や百戦錬磨の勇士といった雰囲気を醸し出していた。

何より、彼女の体の中を流れている魔力の質が全然違っている。

これは本当に、ひょっとして……。

クオンが小さく息を呑《の》んだ。

「おい、リズ！　何をバカなこと言ってやがる！　勝手に降伏なんかしてんじゃねぇ！」

そのすぐ傍《そば》でカインが吠《ほ》えた。

俺たちはまだまだ戦えると言わんばかりに、彼らの瞳は闘志で燃え盛っている。実際、勝負はまだ半ばであり、戦いは拮抗《きっこう》している状態だった。

敗北宣言をするには早過ぎる。

しかし、

「ん……？」

「…………」

リズが小さく振り返り、自分の唇に人差し指を当てている。

余裕そうにウインクまでしており、「大丈夫ですから、少しのあいだ、何も言わないでくださいね」と言わんばかりの様子を見せている。

「…………」

まるで悪戯《いたずら》っ子のような軽い笑みを見て、カインたちは思わず口を閉ざしてしまう。

クオンが口を開き、話が進む。

「……あい分かった、合点じゃ。お主の力を吸収させてもらう代わりに、勇者たちは見逃してやろう。しかしじゃ、もしお主が嘘《うそ》をついていて、大悪魔リリスの力を宿していなかったりした時は、承知はせぬぞ……？」

「分かっております。大丈夫です」

クオンが凄《すご》みのある表情で、リズを睨《にら》む。

可愛らしい顔をしているくせにどこか迫力がある。やはり彼女はれっきとした実力者なのだと、周囲の者はそう感じざるを得なかった。

しかし、今のリズの実力も十分に高い。クオンに脅されてなお、動揺せずに凛《りん》とした態度を崩さずにいた。

「それと、一つお願いなのですが……」

「む？」

「その……さすがに力を吸い取られる様子を他の人たちに見られるのは恥ずかしいので……誰にも見られない個室に移動させていただけないでしょうか？」

「むむ？」

「ベッドのあるような寛《くつろ》げる個室で、二人っきりにしてほしいのです……」

急にリズがもじもじとし始める。

頬は赤く染まっており、恥ずかしそうに体を強張《こわば》らせていた。

それに対し、クオンが首を傾《かし》げる。

「……いや、別に力を吸い取るだけじゃから、何も恥ずかしいことなどないのじゃが？」

「お願いしますっ！　力を吸い取られるところを仲間の皆様に見られたくないのですっ……！　私、そのっ……恥ずかしくてっ……！」

「う、うむ……？」

リズが強く懇願する。

クオンの両手を取り、瞳を濡らしながら上目遣いでお願いをする。

リズの勢いに押し流され、クオンは思わず頷《うなず》いてしまう。

「こ、この大広間のすぐ隣に、わらわの部屋が一つある。そこで力の吸収を行おうか？」

「ありがとうございますっ！」

クオンはリズの要求を呑《の》み、動揺しながらも小さく頷く。

「………」

しかしクオンの困惑はすぐに収まった。自分は勝利したのだという実感が徐々に胸に込み上げてきて、にんまりと頬が緩んでいく。

「くくくっ……！　ちょっと拍子抜けじゃったが、結果的にはわらわの勝ちということになるのじゃなっ！」

「お、おう……」

「ふっふっふ！　敗北者は敗北者らしくそこでじっと待っているがよい！　変な真似をしたらこやつの命はないと思え!?　よいな!?」

「わ、分かった……」

クオンは勝ち誇った笑みを勇者たちに向ける。

それは煽《あお》るような、あざ笑うような態度であった。

しかし、当の勇者たちは別に気にする様子はなく、それどころか何か他のことを心配するような表情を見せていた。

「では部屋に向かうぞ、リーズリンデ！」

「かしこまりました、クオン様」

そして二人は玉座の間の隣の個室へと移動していく。

クオンは胸を張って歩き、リズがその後を恭《うやうや》しく付いていく。その後ろ姿を勇者たちは眉間に皺《しわ》を寄せながら眺めている。

クオンとリズは部屋の中へと姿を消した。

部屋の扉がパタンと閉まり、二人の姿が見えなくなった。

「…………」

数秒後、

「……ひゃっ⁉　え？　な、何じゃ⁉　お主どこを触って……？　ひゃんっ⁉」

扉の奥からクオンの変な声が聞こえてきた。

「ひゃっ……⁉　お、お主なにをしているのじゃ⁉　なぜわらわの体をまさぐって……ひゃっ、ひゃいんっ⁉　だ、だめっ……！」

「…………」

「お、お主、なんじゃっ⁉　なんなのじゃっ……⁉　本当に何をして……ひゃっ⁉　そこ触っちゃダメっ……！」

「…………」

聞こえてくるのはクオンの切羽詰《せっぱつ》まった声だ。

今、搾取する者と搾取される者の立場が逆転しようとしていた。

クオンは大きな過ちを犯した。招いてはいけない者を部屋の中に招いてしまったのだ。

カインたちは悲しそうに扉から顔を背ける。

「ん、ちゅ、ちゅ……キ、キス？　なぜ今キスを……？　んっ！　んちゅ、ちゅぅ……」

「…………」

「ふ、ふわあぁぁ……だ、だめじゃぁ、だめじゃあ……こんなの、おかしくな……んちゅうううぅぅぅ……」

「………」

「ひゃあああああぁぁぁぁぁぁぁん……⁉」

聞こえてくるのはクオンの艶《なま》めかしい声ばかりである。

玉座の間の隣の個室にて、虚《むな》しい宴《うたげ》が開かれようとしているのだった。

——そして、時間がすぎる。

おもむろに部屋の扉が開き、皆がそちらの方に顔を向けた。

「終了でございます」

「………」

出てきたのはリズだけであった。クオンの姿はない。

リズの顔はなんだかやけにツヤツヤとしていた。肌は赤く火照《ほて》り、満足げに頬を緩ませ、ニコニコと満面の笑みを浮かべている。

リズが皆に向けてグッドサインを向けた。

「逆に力を吸い取ってやりましたよっ！」

「お前絶対楽しんでたろっ！」

カインが怒鳴る。

リズの力は漲《みなぎ》っていた。

彼女はサキュバスとしての能力を使っていた。リズは個室のベッドの上で、クオンの精を吸い尽くしたのだった。

個室の中には恍惚《こうこつ》として伸びきったクオンの姿があるのだろう。しかし、誰もそれを確かめる勇気はない。

熱い戦いがこんな結末を迎えてしまったことに、皆申し訳ない気持ちになっていた。

「ふふふふ……」

リズがぺろりと舌舐《したな》めずりをする。

あっさりとした幕切れであった。

この魔王城の最後の強敵魔王クオンは、サキュバスの毒牙にかかってしまった。

とある非道なサキュバスに騙《だま》され、美味《おい》しくいただかれてしまったのである。

長き戦いはこれにて無事に終了するのであった。

第39話　【現在】現在の魔族事情

敗北したクオンは、縄でぐるぐる巻きにされていた。

魔王城の玉座の間。勇者と魔王による戦いの傷跡は深く、頑丈であるはずの大広間がボロボロになってしまっている。

床は抉《えぐ》れ、壁にはたくさんの穴が開き、荘厳な雰囲気を湛《たた》えていた玉座の間は、見るも無残なありさまとなっていた。

「ぐぬぬぬぬ……崇高なるこのわらわにこの仕打ち……屈辱である……」

その部屋の奥、玉座に括《くく》りつけられたクオンはぎりぎりと歯ぎしりをしていた。

「敗者の定めと思って諦めろよ」

「わらわは負けておらぬっ！　なんなのじゃ、さっきのは!?　騙し討ちを食らったみたいでわらわは納得いかんのじゃが!?」

縛られながらもクオンがわーぎゃーと喚《わめ》き、暴れる。

クオンがリズに美味しくいただかれてしまった後、意識を失った彼女をシルファたち女性陣が拘束した。

確かに勝負の上では勇者たちと互角の戦いを繰り広げた彼女であったが、抵抗できないところを捕縛されてしまい、結果として完全敗北したような状況となっていた。

「あらあら、ではもう一戦いきますか？　私と？」

「ひっ……!?　ま、待て、お、落ち着くのじゃっ！　さっきのことはまだわらわの中で整理がついておらんくて……と、とと、とにかく待つのじゃ……！」

リズがにっこり笑うと、クオンが顔を赤くして身を震わせる。

可哀想だからやめてあげろと、カインがリズを小突く。

そんな中、この場にいたある者がカインに声を掛けた。

「とにもかくにも、まずはカイン殿よ。我々の主を殺さずにいてくださったことに心からの感謝を。臣下を代表して、礼を言わせていただきます」

「お、おう……」

カインの前で恭《うやうや》しく頭を下げたのは、オークエンペラーであった。

カインたちが先ほど戦った二番目の防衛戦士である。

今この場にはケルベロス、オークエンペラー、ダッチワイフゴーレムの三人の防衛戦士が揃《そろ》っていた。

話し合いの場を設けたいとして、この場に集まってきているのだった。

「いいのか？　俺たちはお前らの主をぶっ倒したんだ。憎く思ってるんじゃないのか？」

「ははは、憎くは思っておりませぬ。それに今我らが暴れれば、一番危険なのは拘束されている我らが主の身。そんな無茶な真似はいたしません。こちらにはもう戦意はありませんので、ご安心を」

「まぁ、そりゃそうなんだがよ……」

オークエンペラーが悠然とした態度でからからと笑う。

先ほどまで敵対していた魔族にそんな余裕のある態度を取られ、カインたちは少し困惑している。

「……ただ、リーズリンデ。お前にはいつか仕返しをする」

「あ、あはは……その節はどうも失礼しました。後で菓子折りでも持ってお詫《わ》びに」

オークエンペラーはリズに対する怒りは忘れていなかった。

ぎろりと睨《にら》まれ、記憶を取り戻したリズは額から汗を垂らす。

「とりあえず事情を話してもらおうか。いろいろわけ分かんねえことばっかりだが？」

カインが肩を竦《すく》めて話を促す。

彼らにとってこの状況はまだまだ分からないことだらけであった。

彼らが前に出会った魔王は全く別の人物であった。それなのになぜクオンが魔王を名乗っているのか？　なぜ学園街に空間を繋《つな》げてまで、勇者たちに決闘を挑んだのか？

「分かった。わらわが説明しよう。魔族全体に関わる、今の現状を……」

　クオンはそれに応えた。

「まず始めに言っておくと、わらわは確かに魔族の王、魔王である。四千年以上続く由緒正しき王族の正当な後継者である」

「…………」

　カインたちは口を閉じ、彼女の話に耳を傾ける。

「以前、魔族領は平和であった。わらわが統治していたここ百数十年、戦争もなく、種族間の問題も落ち着き、皆が穏やかで健やかな日々を過ごしておった。畑を耕し、賑《にぎ》やかに商売をし、思い思いに幸せを満喫しておった」

「…………」

「たくさんの民が皆ボーっと、テキトーに、グダグダしながら緩やかな時間を過ごしていたのじゃ」

「ん？」

「わらわも、日がな一日コタツに入ってごろごろする幸せな毎日を送っておった。そう、皆が平和な時間をのんびり過ごしておったのじゃ……」

「いや、緩み過ぎだろ」

　カインがツっこむ。

　テキトーとかグダグダとか、為政者の口からとは思えない言葉が出てきた。

「だって仕方なかろう！　平和じゃったんだもん！　なーんにもやることなかったんじゃからっ……！」

「いや、平和なのはいいんだけどさ……」

「わらわは結構立派じゃったんだもん！　でも本当にやることがなかったんじゃもん！　わらわが特別怠けてたわけじゃないもん！　父上も同じようなもんじゃったもん！」

　クオンが泣きべそをかきながらぎゃーぎゃーと言う。

　ただやっぱりどうしても、魔王からの説明とは思えないほど魔族の現状は緩んでいるように聞こえた。

「勇者殿。補足しますとですね、我々魔族は人族よりも寿命の長い種が多いのですよ。長い時を生きていれば落ち着きも出てくるというもの。クオン様の時代はまさに平穏の時代であり、ここらへんは人族の感覚と少し異なるかと」

「そ、そうか。ありがとう、ダッチワイフゴーレム……」

「恐縮です」

　丁寧な態度でダッチワイフゴーレムが説明をしてくれる。

　カインたちも少しずつ彼女の姿に見慣れてきた。

「ま、まぁよい。とにかく長い間平和だったということが分かればよい。そんなのどかな時間を過ごす中、突然事件は起こった」

「…………」

「過激派が革命を起こしたのじゃ……」

彼女がこめかみに青筋を立てながら話す。

「現政権は怠惰《たいだ》である、怠け者の愚か者である、などとほざきながらアホどもが革命を起こしてきたんじゃぁっ……！」

「あ、やっぱそういう意見はあったんだな？」

カインは呟《つぶや》かずにはいられなかった。

「あのアホどもぉ！　我ら魔族はもっと崇高な存在であるべき！　より強い力を持ち、その偉大さをより広く知らしめるべき！　などとのたまいながら、わらわを魔王城から追い出したのじゃっ……！　あのバカタレどもめぇっ……！」

「うーん、確かに過激派」

「わらわは泣きべそをかきながらこの魔王城の別荘に逃げ込むしかなかった……。悔しいのぅ、悔しいのぅ……」

「あ、ここ別荘なんだな？　魔王城ではないわけだ」

「城は城じゃもんっ！　魔王の使う城なのじゃから魔王城に変わりないもんっ！」

カインたちは自分たちの今いる場所の正確な情報を手に入れた。

「で、その革命を起こした人物が今、魔王を名乗っとるアホなのじゃ」

「そいつが一年前、俺たちと戦った魔王か」

「わらわは絶対あやつを魔王などと認めんがな！　あやつらを呼ぶなら革命軍と呼べ！　魔王などと呼ぶなよっ!?　よいなっ!?」

「はーい」

クオンが縄に縛られながらぎゃーぎゃーと騒ぐ。

カインたちはテキトーな返事をした。

「しかしじゃ、わらわの魔王城本城が攻められる際、あのアホウは妙なもんを持っておった。わらわの与《あずか》り知らぬあの武器のせいで、わらわは戦略的撤退を余儀なくされた」

「武器？」

「魔剣じゃ」

彼女のその一言に、カインたちは一瞬息を呑《の》む。

「察したか？　そうじゃ、あれは恐らくお主の持つ聖剣の対をなす存在じゃ。お主たち聖剣の使い手にとって、最も厄介な代物となるじゃろう」

「魔剣……」

「由緒正しき歴史ある我が魔王家でも、その魔剣を所有していたという記録はない。伝説的な存在じゃ。あの革命軍のアホどもはそんな代物をどこから持ってきたのか……？」

カインたちは思い出す。

一年前、魔王が持っていた黒い剣。

それは特殊な黒い炎を生み出す不思議な剣であった。

その炎は無機物である石や鉄さえも燃やし尽くしていた。こちらの放つ魔法や、聖なる力も燃やしてしまう奇妙な炎だった。

その力にカインたちは苦戦を強いられた。

あれが魔剣の能力なのか？

彼らの拳に力が入る。

「革命軍など卑しい有象無象《うぞうむぞう》の集まりにすぎないのじゃが、それでもあの魔剣の存在は脅威じゃ。あやつらがどうやって魔剣を手に入れたのか。そこに違和感を強く覚える」

「………………」

「なにか、わらわの与り知らぬ特別な理由があるのかもしれん……」

クオンがカインの目をじっと見つめる。

彼女の目は真剣だった。この問題が単なる偶然によるものではないと、軽視してはいけない問題であると、彼女は目でそう語っていた。

クオンが小さく息を吐いた。

「……次に革命軍が狙いを定めたのは人族領じゃ。あやつらは自分たちの領地を増やそうと、人族に戦争を吹っ掛けた。偉大な我らはもっと多くの土地を所有するべきー、など言いながらの。それが大体二十年前かな？」

「あぁ、確かに二十年前に魔族の侵略が始まった」

「ここから先はお主らも知っている通りかの？　それまで魔族と人族はお互い不干渉で平和じゃったのにのう？」

「…………」

　領地の割合は、人族の生活領域が世界全体の八割ほどを占め、残り二割が魔族領となっている。

　領地の広さからすると偏りがあるように見えるが、魔族は人族に比べて数がとても少なく、人口密度のバランスは取れていた。長い年月、人族領と魔族領の均衡は保たれていた。

　ただ、今回戦争が起こった。

　革命軍が火蓋を切った。

　人口で言えば人族の方が圧倒的に多いが、魔族の方が種族として強く、寿命も長い。勇者が登場するまで人族は魔族に押され気味であった。

「魔族の間で革命が起きた、ということは知らなかったな」

「そうかもしれんの。革命は密かに行われた。今でも表向き、王家は転覆しておらぬことになっている。一般の民は革命のことを知らん。現政権が戦争に乗り気になった、という認識かの？」

カインたちは魔王軍と戦うため、魔族領の中へ何度も足を踏み入れている。

しかし、それでも魔族の革命については知らなかった。

「ま、扇動される市民も市民じゃと思うがの……」

「………………」

クオンは少し悲しい顔をする。

勇者たちも口を噤《つぐ》む。

「……そんなわけで、わらわはこの別荘の魔王城でじっと逆襲の機会を窺《うかが》ってきたのじゃ。憎きあのバカ者どもをギッタギタにできるよいチャンスはないものかと、水面下で息を潜め続けてきたのじゃ。そして、最近特大のチャンスが巡ってきおった」

「チャンス？」

「言うまでもなかろう。勇者の登場じゃ」

彼女がニタニタと笑い始める。

「革命軍のアホどもが苦戦し始めた。聖剣という伝説の力を前にタジタジとなってきた。連戦連勝してきたあやつらが慌てふためく様子は見てて痛快じゃったぞ！　ニャハハハハ！」

「性格悪《わり》ぃな」

「わらわは考えた。まだ自ら動かず様子を窺《うかが》い、革命軍と勇者が潰し合ってゆく様子を眺めよう、と。そして最後は漁夫の利を掠《かす》め取る。労力の少ない最高の作戦じゃった！」

「……このやろ」

カインは軽く言葉を吐くが、内心では冷や汗をかいていた。

自分たちの全く知らないところで、第三者が戦いの利益を掠め取ろうとしていた。何も知らずあのまま戦い続けていたら、彼女の思惑通りになっていたかもしれない。

実は自分たちはとても危険な状況にあったのだ。

彼はそう考える。

「しかし、状況に変化が生じてしもうた。戦いが膠着《こうちゃく》してしまったのじゃ。革命軍のリーダーが傷つき、勇者の仲間たちも休養を取ってしまったため、場が動かなくなってしまった。これではわらわの作戦が進まなくなる……」

「…………」

「そこでわらわは新たな案を考えた！　学園街に空間を繋《つな》げ、勇者たちを打ち倒す！　そしてわらわの手下に加え、思い通りに勇者を操ろうと！」

クオンが楽しそうに語り、カインは眉間に皺《しわ》を寄せた。

「勇者一行をわらわの傘下に収めれば、わらわの軍は最強じゃ！　魔王家の軍に支援させながら勇者に聖剣を振らせ、魔剣を打ち倒し、わらわはのんびり楽をしながら美味しいところを独り占めしようとしたのじゃ！」

「今、俺たちに負けてるがな？」

「そうなのじゃああああああぁぁぁぁぁっ！　なぜこのようなことにいいいいいいいいいいいいぃぃぃぃぃぃぃぃいいっ……!?」

ドヤ顔で説明をしていたクオンであったが、カインの軽い指摘に泣き崩れる。

玉座に縛り付けられた魔王というのは、とても滑稽な存在だった。

「で、今に至ると」

「そういうわけじゃ……」

クオンがしょんぼり落ち込む。

彼女は失敗した。

負けてはいけない戦いに負け、今までの努力が水の泡になってしまったのである。

「ぐぬぬぬぬ……無念、無念じゃ……」

「………」

しかし、カインは考える。

彼女の言った作戦。それはとても有効であった。

自分たちと魔王家の利害は一致している。革命軍は人族と魔王家の共通の敵だ。その存在はぜひとも滅ぼしてしまいたい。

たとえ、人族と魔族との奇妙な連合軍を編成してでも。

「……同盟という形なら、アリかもしれねぇな」

「……っ！」

カインの呟《つぶや》きに、クオンがばっと顔を上げる。

「本当かっ⁉」

「まぁな」

目の前の魔王は性格に難はあれど、穏健派のようである。実際彼女が統治していた頃には人族と魔族の間に戦争はなく、平和な時代が続いていた。

人族から見て、魔族の王になってほしいのは断然目の前の少女の方だろう。

戦争によって人族の領地を奪い取ろうとする革命軍が王となるより、目の前の穏健派が権力を握っていてくれた方がありがたいのは言うまでもない。

人族と穏健派の魔族が手を組んで、革命軍と戦う。

この同盟は実現可能であるように思えた。

「一目見た時から分かっておったぞ！　カインよ！　お主は見所のある人間じゃと！」

「調子のいい奴だな、このアホ」

晴れやかな顔を見せながら、クオンがギシギシと玉座を揺らす。

勇者一行は苦笑を漏らした。

「そんなことより、『そんな流れになると思っていました、全てお見通しです』みたいなすまし顔をしているこいつらが気に食わねえ」

「ははは、お許しを。我々は全ての情報を持っておりましたので」

カインがぎろりと睨《にら》んだのは、傍《そば》にいるオークエンペラーとダッチワイフゴーレムだ。

この二人の側近は初めから同盟の流れが見えていた。この取り決めは魔王家にとっても人族にとっても非常に有益であることを理解していた。

勇者たちが断わるわけがないと分かっていたのだ。

だから、自分たちの主が捕らわれてしまっても、少しも慌てる様子がなかった。

「？」

「？」

この流れが見えていなかったのはクオンとケルベロスだけであった。

「じゃあ同盟！　わらわの軍と勇者一行で同盟！　それで決まりでよいな!?」

「いや、ちょっと待て」

「む……？」

同盟の話にクオンははしゃぐが、異議を示すようにカインが小さく手のひらを前に出し、彼女に制止の言葉をかける。

「同盟の前によ、俺たちの間にはケリをつけなきゃならない問題がある。違うか？」

「も、問題？　なんじゃ……？」

　カインが一歩前に出た。

「俺たちはよぉ、被害者側なんだよ。お前たちにケンカを売られて、俺たちが勝った。そうだよなぁ？」

「うっ……」

　勇者に凄《すご》まれ、クオンがギクッと身を震わせる。

　縛り付けられて身動きができないでいるのに、後ろに下がろうと身じろぎしているかのようであった。

　カインが玉座に近づき、彼女を威圧的に見下ろす。

「襲いかかられたからにはお仕置きしねえといけねえよなぁ？　そうじゃねえと、落とし前ってもんがつかねえよなぁ？」

「あわ、あわわわわわ……、や、やめよ、わらわに何をする気じゃ……？」

「そうだなぁ？　どうしてやろうかなぁ……？」

「ま、まさかお仕置きと称してわらわにエッチなことをする気かっ!?　エロマンガみたいに！　エロマンガみたいにっ……！」

「しねーよ」

　カインが真顔で答える。

「なぁに、取って食いやしねえよ。しかし、そうだな……」

彼はニヤッと笑う。

その笑みには邪悪さが溢《あふ》れていた。

狡《ずる》そうで、意地が悪そうで、とても正義の勇者の表情には見えなかった。

彼は笑いながら口を開く。

「この城、今日から俺のものな？」

「は……？」

「この城の城主は今から俺。分かったな？」

「え……？　はぁ？」

クオンがきょとんとする。

カインの言っていることの意味が一瞬分からなかった。

「ええっと？　どういうことじゃ……？」

「どういうこともクソもねぇよ。俺は勝者でお前は敗者。敗者の城を奪い取るのは勝者の当然の権利だろ？」

「……いやいや、ちょっと待て？　ここは魔王城じゃぞ？　それを勇者がぶん取るって？」

「だから言ってるじゃねえか」

困惑するクオンに、カインがさらに言う。

そして胸を張って、改めて宣言をした。

「この魔王城は勇者の俺が貰い受ける！　つまり新しい魔王は、この俺だ！」

「は、はあああああああああああぁぁぁぁぁぁぁぁっ……!?」

元魔王クオンの間の抜けた声が城内に響き渡った。


人族の英雄、勇者カイン。

こうして彼は勇者ながら、魔王城の城主になったのであった。

エピローグ

魔王城別荘の食堂。

たくさんの料理が湯気を上げ、美味しそうな香りを漂わせている。一階の大広間に長机と椅子が大量に配置されており、大勢の魔族がそこで食事を取っている。

この大広間は最上階の玉座の間のような壮麗な造りではなく、簡素で素朴な造りとなっている。

この食堂は城に勤める一般職員や兵士たちが利用できる施設の一つであった。

仕事の疲れを労《ねぎら》うためか酒も供され、多くの魔族が楽しそうに酒を飲んでいる。

調理場からは肉を焼く匂い、魚を揚げる匂いなど、様々な料理の香りが漂ってきて、この場所にいるだけで食欲が刺激されてよだれが垂れそうになる。

そんな賑《にぎ》やかな食堂の中で、カインたちは食事をとっていた。

「ん、意外といけるな……」

「魔族の食事でも人の口に合うものですね」

「それは良かった。どうぞ、どんどんお召し上がりくださいませ。どうせここの食事はものすごく安いものですしな」

戦いを終えた後、勇者一行の皆はこの食堂で魔族の料理に舌鼓《したつづみ》を打っていた。大衆向けの魔族料理の美味しさに、思わず目を丸くする。

所々見慣れない奇妙な食材があったり、妖しげな色のソースが掛かっていたりするものの、それはただの文化の差であり、食べてみれば意外と口に合うものであった。

人族の皆が魔族料理を堪能する。

「考えてみりゃ俺、今はこの城の城主だったわ。もっと高い料理を食い散らかしてもよかったな」

「ははは！　それもそうですな。ここの食事などいくら食べても財政的に痛くも痒《かゆ》くもありません。新しい城主様は随分謙虚なお人のようで」

「うるせえ」

カインたちの向かいに座っているのは、オークエンペラーである。

彼が魔王城の案内を務めていた。

「しかし、話を戻すようですけど、本当によろしいのですか？　カイン様？　この城の城主になられてしまって？」

「んあ？」

リズが品良く口元を拭いながらカインに尋ねる。

先ほど、カインは勝者の特権として魔王クオンにとある要求をした。

それはこの城を自分のものとすること。

戦いに敗北したクオンに拒否権などなく、今は名義上、この城は勇者カインの所有物となっている。

魔王城別荘の支配権を勇者が握っている、という妙な構図が生まれていた。

「いや、あたしはむしろぬるいと思うわ」

「レイチェル様？」

レイチェルが横から口を出す。

「見てみなさいよ、周りを。魔族で溢《あふ》れ返っているわ。これじゃあカインが城主になったところで何も変化はないんじゃないの？」

魔王城の別荘の中には相変わらずたくさんの魔族がいる。

カインはこの魔王城の城主になった。

しかし現状では、以前と変わらず多くの魔族がこの城を利用しており、この城の中で働いている。

城主が魔王から勇者に変わってまだ数時間も経《た》っていない。変化や改革を起こすには余りに時間が足りない。

しかし、それにしてもこの城の内情に変化があった気配は全くなく、カインもそのことに対して何か行動を起こそうとする様子が見られなかった。

「いや、魔族が憎いから追い出せって言いたいわけじゃないんだけど、この様子じゃどんな変化があったっていうのかしら？　城主の名前が変わっただけで、この城の根本的な在り方は変わってないじゃない？」

だが、カインがそれを肯定した。

「それでいいんだよ、レイチェル」

「はぁ？」

この状況は彼の狙い通りであるのだという。

「俺たちが欲しかったのは魔王家との同盟だ。支配じゃねえ。元々城を所有することなんかに興味はなかったしな。この城の内部の仕事は今までと変わらず魔族の奴らにやってもらおう。俺たちは名義上のトップで十分だ」

「じゃあなんでこの城の城主の地位なんて望んだのよ」

「上下関係に何か形をつけたかった。俺たちが勝者でクオンが敗者。それさえ周知させれば他はいらねえ。何か交渉事ができた時、この力関係はこっちを有利にするだろう」

カインがパスタのような料理を食べながら、話を続ける。

「逆にこれ以上魔王側に何かを要求するのは悪手だ。必要以上に奪えば軋轢《あつれき》を生む。この城の城下町に住む住民にも悪い印象を与えるだろう。上下関係ははっきりさせるが、それ以上は何も取らず、何も変えず、支配もせず。そこら辺が妥当じゃねーの？」

「なんかめちゃくちゃ気を使ってない？」

「そりゃな。今の見通しでは、革命軍を倒した後にこの魔王家と和睦を結ぶんだ。せっかく戦争が終わっても、同盟相手だった魔王家との仲が最悪なので、今度はこっちと戦争になりました、じゃ何の意味もねえだろ」

カインが肩を竦《すく》めながら説明する。

彼の口元にはパスタのソースが付いていた。

「ふーん、あんたいろいろ考えてたのね」

「当たり前だろ」

レイチェルは感心する。

こういった駆け引きは彼女の苦手とするところだった。

「ムカつくのは、これまでの流れの全てをこのおっさんはお見通しだったってことだぜ。手のひらの上で操られていたようでムシャクシャするぞ、なぁ？」

「ははは、ご容赦を。我々は計画の立案者ゆえ、全体の流れが見えていたのは当然でございます」

カインが行儀悪くフォークの先をオークエンペラーの方に向ける。

オークエンペラーやこの城に勤める他の数名の者にとって、戦う前からこの結末は予測できていた。

だから勇者が同盟と言い出した時も、この城の名義上のトップになると言い出した時も、なにひとつ慌てることなく、粛々《しゅくしゅく》と準備を進めることができていた。

「勇者カイン殿、このたびは我ら魔王家に寛大な処遇を与えていただき、大変感謝しております」

「けっ、何が寛大な処遇だ。俺がこうするしかないってことを分かっていたくせに。それに俺たちが負ける場合も想定して、そっちの方の準備も進めていたんだろ?」

「それはそうですな。その場合は増長するであろう我が主を我々が上手く収めて、人族相手に優位に交渉を進めようと思っておりました。どちらにせよ、同盟ですな」

ちなみにこの流れをクオンは見えていなかった。

この事件の黒幕は魔王クオンというよりも、彼女を支える側近たちであった。

「全く、嫌になるぜ……」

カインが大きくため息をつく。

「……しかし、戦いに勝ったおかげで面白いものが見られる」

「面白いもの?」

不機嫌な様子から一転、愉快そうに口の端を吊り上げながら、カインが背後へと振り返る。

そこに顔を真っ赤に染めた、とある女性の姿があった。

「ご、ごご、ご、ご主人様……お待たせいたしましたのじゃ……デザートのビッグパフェでございますのじゃ……」

「おう、ご苦労、メイドさん」

「ぐぅっ……！」

カインにパフェを運んできたのは、元魔王クオンであった。

どういうわけか、メイド服を身に纏《まと》い、給仕の真似事をしている。

黒と白を基調としたフリフリのエプロンドレスに身を包んでいた。黒く長い髪が服の色とよく合っており、とても可愛らしい。

どう見ても威厳のある王としての装いではなく、彼女は羞恥に体を震わし、全身の肌を真っ赤に染め上げていた。

「くっ……！　なぜわらわがこのような辱めをっ⁉　どうしてわらわが従者のような格好をしてお主にパフェを運ばねばならぬのか……⁉」

「そりゃ、おめぇ、負けた奴への罰ゲームみたいなもんだよ」

「そんな軽い理由で偉大なるわらわを弄《もてあそ》ぶでないっ……！」

戦いに負けたクオンはメイドとして働かされていた。

当然このような服は彼女は生まれてこの方着たことがなかった。

「可愛いぞー、クオンちゃーん」

「勇者、きっさまぁっ！　おちょくっとるじゃろ！」

「滑稽ね」

「うるさいわいっ！　紫髪！」

「いや、でも本当に可愛らしいです。どうです？　今夜は私のベッドでじっくり語り合いませんか？」

「ひぃっ⁉　怖い！　お主怖いっ！　寄るでないっ……！」

　クオンはたじたじになる。

「この勇者チーム、皆性格悪いぞっ！」

　魔王は核心に気が付いてしまった。

「貴様らぁっ！　わらわにこんなことをしてただで済むと思うなよぉっ！　わらわがこんな酷《ひど》い目に遭わされて、愛する民が黙っているわけがないっ！　見ろっ！　蜂起ぞ！　反抗ぞ！　民が一致団結して、お前らなどけちょんけちょんにしてくれるわっ！」

　クオンが涙目で叫ぶ。

「そうじゃろ⁉　皆の衆！　こんな屈辱を黙って見過ごすはずがないじゃろっ⁉」

「魔王様ー！　すごくかわいいですー！」

「クオン様ー！　ずっとファンでしたー！」

「ずっとその格好でいてくださいー！」

「俺らの王様最高ー！」

「なんなのじゃーっ！　お主らはーっ！」

食堂の中に歓声が湧き上がる。

魔王のメイド服はとてもとても好評だった。

「このように民衆のヘイトを溜《た》めないよう、上手く調整をしながら勝者の特権を行使していきます」

「なるほど、勉強になるね」

「お主ら～！　お主ら～っ！　覚えておけよ～っ……！」

クオンは負け犬のようにギャンギャン泣き叫ぶことしかできなかった。

「いや、新人メイドよ。挫《くじ》けてはいけないぞ？　もっと今の状況を楽しもうではないか」

「な、なんじゃ、お主っ!?」

慰めるようにクオンの肩をぽんと叩《たた》く者がいた。

シルファだった。

自らメイド服を着てお盆を手に持ち、この食堂の客に配膳をして回っている。別に誰かに言われてメイドの仕事をやっているわけではない。

シルファは自ら進んでメイドになっていた。

「メイドにはメイドの良さがあるものだ。主人と見定めた者に奉仕する幸福、誰かの役に立つ喜び、存分に味わおうではないか！」

「なんじゃお主!?　なぜ罰ゲームでもないのに自らメイド服を着ているのじゃ!?」

彼女の趣味だった。

シルファはてきぱきと効率よくウェイトレスの仕事をこなして回る。

一国の姫君は、なぜかメイド業に慣れていた。

「さぁ、魔王クオンよ！　ともにメイド道を極めようではないか！」

「いやじゃ〜！　いやじゃ〜！　は〜な〜せ〜っ……！」

自分以外のあらゆるものに振り回されて彼女は困り果てる。

元魔王クオンにとって、最高に災難な一日なのであった。


時間が経《た》ち、夜がやってくる。

この魔族領では濃い瘴気《しょうき》が空を覆い、太陽が出ている昼間であっても外は薄暗い。世界は光を拒み、周囲一帯に禍々《まがまが》しい闇が唸《うな》るような音を立てながら渦巻いている。

まるで悪夢のような光景であり、夜は昼間よりさらに深い闇がこの世界を覆いつくす。

美しいまでの黒い闇が夜を支配していた。

「意外といい部屋だよな……」

魔王城のとある一室でカインはそう呟《つぶや》いた。

今日、彼らは魔王城の別荘に一泊することになった。

宿泊、という言葉は厳密にいうと正確ではない。一応この城はもう名義上、カインのものとなっている。

客室をいくつか用意してもらい、カインたちはそこを自分たちの私室とした。

これから何度でもこの城を訪れる機会があるだろう。一人一部屋、カインたちは魔王の別荘に拠点を設けた。

残った夜の時間は各自、部屋の模様替えをしている。自分が過ごしやすいように、プライベート空間を作り上げていく。

「ふぅ……」

一仕事終えて、カインは何げなく窓の外を見た。

星は見えない。黒々とした瘴気が空でうねっており、それが星の明かりを隠してしまっている。

なんとも情緒のない空だ、とカインは感じるけれど、それはただの文化の差による認識のずれらしい。

オークエンペラーが「今日の空の瘴気は見てて心地よいものですな」と言ったとき、勇者の仲間たちは皆「え？」となったものである。

「……なんだか妙なことになっちまったな」

窓辺に肘を突きながら、カインがぼやっと呟《つぶや》く。

今日は何とも妙な一日だった。彼は思う。

魔王との決戦だと意気込んでいたのに、結果、元魔王にメイドの格好をさせ、自分は魔王城の別荘の主になっていた。

全くもって意味が分からない。朝の自分にこの事実を伝えたとしても「はぁ？」と眉を顰《ひそ》められて終わりだろう。

「全く、俺たちはちゃんと前に進めているのかねぇ？」

空を見上げながら葉巻に火を付ける。

魔王との同盟はとても大きな成果だ。今までの戦いの構図が一変するほど自分たちに有利な状況が生まれた。

しかし、魔王が危機感を露《あら》わにしていた『魔剣』の存在も気になる。

伝説的な代物を革命軍がどうやって手に入れたのか。クオンは何か特別な理由があるのかもしれないと言っていた。

謎もまた深まってしまった。

「………………」

しかしそれらの印象が霞《かす》むほど、今日という日は本当にふざけた一日だった。

まともに戦った記憶がない。

いや、戦った相手は皆強く、容易な敵など一人としていなかったのだが、バカなことばっかりやってた覚えしかない。

「はぁ～……」

何やってんだろ、俺。

そう思いながらカインは大きくため息をつく。

葉巻の煙が黒々とした空に立ち上り、消えていった。

「カイン様、カイン様、少しよろしいでしょうか？」

「ん？」

その時、コンコンと部屋の扉をノックする音が聞こえた。

リズの声だ。

彼女がカインの部屋を訪ねてきた。

「入っていいぞ」

「失礼します」

ゆっくりと扉を開け、恭《うやうや》しい様子で部屋の中に入ってくる。

そんな小さな動作の一つ一つに、気品を感じてしまう。やはり彼女は本当の淑女なんだなぁと、改めてカインは思った。

「先輩……ちょっとよろしいですか……？」

「ん？」

「先輩っ！　私、我慢できずに先輩の部屋に来ちゃいましたっ！　許してください！」

「はぁ？　先輩？」

しかし、そんな気品溢《あふ》れる彼女から出てきたのは、意味不明な言葉だった。

カインは首を傾《かし》げざるを得ない。

「分かってるんです……。こんな夜遅くにお部屋を訪ねたら、先輩を困らせるだけだって……。でもっ！　でも、私っ！　我慢ができなくて……！」

「な、何言ってんだ？　リズ？」

「先輩はこの国の大貴族……！　それに対して私はただのしがない田舎娘……。結ばれるはずがないのは分かっています。でも私っ！　この気持ち抑えられなくてっ……！」

「はぁ？」

リズの言っていることが理解できない。

自分はリズの先輩ではないし、今まで先輩だと呼ばれたこともない。それに自分は貴族ではないし、貴族はリズの方で、むしろ自分が田舎者の方である。

カインは首を傾げる。

彼女の言っている事は完全にちぐはぐであった。

「先輩、愛していますっ……！」

リズがカインの胸に飛び込んでくる。取りあえずカインは彼女を受け止める。

「おい、リズ、ちょっと待て。これはなんだ？」

「あぁ、ダメって分かってるのにっ！　私、もう先輩から離れられないっ！　ごめんなさい、先輩っ！　こんなダメな私を叱ってくださいっ……！」

「まずは説明しなさい！」

カインが叱る。

リズが顔を上げ、カインに抱きついたまま上目遣いで彼の顔を見る。

「何って、『ドキドキ身分に差のある学園生の禁断エッチごっこプレイ』ですよ？」

「はぁ？」

リズがさも当然のように、意味が分からないことを言う。

「ほら、前に記憶が戻った時に言ったじゃないですか。次起きた時に『ドキドキ身分に差のある学園生の禁断エッチごっこプレイ』がしたいですって」

「そういえばそんなこと言ってたなぁっ!?」

この前、学園に魔王軍幹部が乗り込んできた際、リズは記憶を取り戻して敵を撃退した。その時リズはカインにそんなことを言っていた。

カインはやっと思い出した。

「えっと？　どういうことだ？　『身分に差がある』だから……俺が『大貴族の先輩』で、リズが『田舎娘』なのか……？」

「あぁっ！　これ以上あなたを好きにさせないでっ！　私、おかしくなってしまいます！」

「最低限の説明ぐらいはしてくれよ！　そもそもそれに付き合うとは言ってねえっ！」

カインは自分の体にしがみつくリズを引っ剥がした。

「そんなお遊びより先にすることがあるだろう、リズ。体の調子はどうだ？」

「体の調子ですか？」

カインは窓辺から離れてベッドの縁に腰掛ける。そして自分の隣をぽんぽんと叩《たた》き、彼女に座るように促す。

リズはカインの隣に座った。

柔らかいベッドがふわりと沈み込む。

「ほら、今は記憶が戻ってんだろ？　急に力が戻ったり失ったりを繰り返して体おかしなことになってないか？」

「大丈夫ですよ。体調は万全です。ただ長続きはしないようで、朝にはまた元に戻ってしまうと思います」

「そうなのか？　クオンからかなり力吸い取ったんだろ？　その分持続できないのか？」

「あはは、外から取ってきた力じゃ状態の補完ができないようで……」

「そうか」

リズは先ほどクオンから吸精をした。

確かに大量の力を吸い取ったのだが、他者の力では自分の状態を保つことができないようで、朝にはまた記憶も力も失ってしまうようだった。

「今、私は穴の開いた風船のような状態なんですね。いくら空気を入れても風船の方がダメなので、すぐに萎《しぼ》んでしまいます」

「体の方をゆっくり直せってことだな」

「すみません、ご心配をおかけします。私の吸精は魔力だけを吸い取るものでして……。クオン様は敵の力の核ごと抜き取ることができるみたいでしたが……」

「いい、いいって。焦る必要なんかねぇ」

リズはクオンの力を吸い取ったのだが、それは力の核ごと根こそぎ奪った、というわけではない。数日経《た》てばクオンの力は自然に回復するだろう。

カインが彼女の頭を触れるように、柔らかく撫《な》でる。

リズは軽く目を細めた。

「何か困っていることはないか？」

「んー、やっぱ記憶がなくなっている最中は、どうしてもサキュバスとしての力を集めにくなるんですよねぇ」

「そりゃそうだな。記憶がなくなってるお前は、積極的に変態行為をしないもんな」

「カイン様、私の部屋に毎日脱ぎたてのパンツを置いといてもらえませんか？　もしかしたら回復が早くなるかもしれません♡」

「却下。怖《こえ》ぇだろ、記憶のない状態で毎日自分の部屋に男物のパンツが置かれてたら」

「ちぇー」

リズがつまらなそうに口を尖《とが》らす。

「他には？」

「それと、学校の悪役令嬢たちが、大貴族のカイン様とあんたじゃ絶対に釣り合わないのよ！　さっさと田舎に帰って土臭い大根でもかじってなさい！　って言って虐《いじ》めてくるんです！　私、毎日が辛《つら》くて辛くて……！」

「待て、現状の報告中に遊びを混ぜてくんな。ややっこしいったらありゃしねぇ」

そっちは『ドキドキ身分に差のある学園生の禁断エッチごっこプレイ』の方の悩みであった。

現実と遊びをごっちゃにされ、カインは混乱する。

「でもこんな短期間に二度も力が戻ったのですから、かなり調子は良くなっていると思います。記憶が戻ることなんて、この一年間一度もありませんでしたから」

「そうだな。気長にやろうぜ」

「わっ」

カインがリズの肩に腕を回し、体をぎゅっと抱き寄せる。

彼女の顔が彼の胸に密着した。

「ダ、ダメですっ……！　先輩には身分の釣り合った婚約者がいるのにっ！」

「その遊び、いつ終わんの？」

しばらく終わりそうな様子はなかった。

「先輩は婚約者さんの方を大事にしないといけないんですっ……！　先輩には幼い頃に結婚の約束をしていて、十年ぶりに学園で再会し、けれども病に倒れそうになっているのを一生懸命看病して、共に病を乗り越え、深い絆《きずな》で結ばれた婚約者がいるのにっ……！」

「え？　そんな運命の相手がいるのに、俺お前を抱いてるの？　ヤベー奴じゃん、俺」

「私は……私は、お邪魔虫なんですっ……！」

「そうだよ、本当に邪魔だよ。潔く身を引けよ」

リズから設定を聞いていると、彼女の存在は本当にお邪魔虫だった。

そう言いながらもカインは彼女を抱きしめ続ける。

「もう婚約者のお腹《なか》には先輩の赤ちゃんがいるのに……」

「俺のクズ度が高まっていく……」

「ここにいたのねっ⁉　この泥棒猫！」

「わっ⁉　シルファ……⁉」

「きゃあ」

突然のことだった。

いきなりシルファが部屋の中に入ってきた。

乱暴に扉が開け放たれ、ドンと大きな音が鳴る。突然の乱入にカインは本気でびっくりし、抱きしめていたリズをぱっと離した。

「わたくしの婚約者を横取りしようとしてぇっ……！　この泥棒猫っ……！」

「シ、シルファ様！　わ、私、そんなつもりじゃっ……！」

「お黙りっ！　どうせあなたがカイン様を誘惑したのでしょ⁉　この田舎娘めっ！」

「え、なに？　シルファもこのごっこ遊びの中に入ってんの？」

突然入ってきた割には、リズとシルファの会話が妙に成り立っている。

困惑しているのはカインだけであった。

「事前打ち合わせは完璧だぞ？」

「ねー」

「ねー」

「ただのアホ」

シルファとリズはにっこりしながら、お互いに頷《うなず》き合った。

カインは呆《あき》れるしかない。

そして、シルファの表情が再びキッと鋭くなる。

「カイン様は絶対に誰にも渡さないわっ！　このドブネズミめっ！　薄汚い手でカイン様に触らないでちょうだいっ！」

「ち、違うんですっ！　シルファ様っ！　私たちは純粋に愛し合っていて……！」

「きぃぃっ！　愛し合っているですってぇ!?　この勘違い女めっ！　カイン様の優しさに付け入るんじゃないわよっ！」

「ムダに気合入ってんな」

カインは呟《つぶや》く。

「カイン様！　わたくしとこの泥棒猫、どっちを取るのですかっ……!?」

「え……？」

カインは急に話を振られた。

二人の視線が動き、カインに注目が集まる。

「もちろん婚約者であるわたくしですわよねっ……!?」

「せ、先輩……私、先輩と離れたくないです……」

「え、えぇ……？」

二人がにじり寄ってくる。

ごっこ遊びであるはずなのに、その妙な緊迫感に、彼は額に汗を滲《にじ》ませた。

「え、えぇっと……両方って答えは、ダメなのか……？」

「………………」

一瞬の沈黙。

「うーん、二十点の返しですね」

「もっと男らしく言うべきだったたな」

「……確かに自分でも情けなさを感じたが、急に無茶振りに付き合わされるこっちの身にもなってくれな？」

女性陣の微妙なリアクションに、ちょっとばかり理不尽を感じるカインであった。

「よく聞きなさい！　リーズリンデ！　カイン様は誰にも絶対に渡さないわっ！　覚悟しなさいっ！　この泥棒猫ーっ！」

「ち、違うんですー！　シルファ様ー！」

大きな声で捨《す》て台詞《ぜりふ》を吐きながら、シルファは部屋の外へと飛び出していった。

彼女が部屋からいなくなる。

「…………」

「…………」

ライバルの婚約者がいなくなり、部屋の中は一瞬しんと静まり返った。

「……おい、帰ってったぞ、シルファの奴？」

「このためだけに雇いました」

「お前ら、ヒマなの？」

満足げな様子のリズ。恐らく部屋の外ではシルファもやり切ったようなご満悦の笑みを浮かべていることだろう。

相変わらずバカばっかりやってる自分の仲間たちに、カインは大きなため息をついた。

「シルファ様はよい仕事をなさってくださいました。彼女のおかげでこの遊びの臨場感がぐっと深まりました」

「お前らはもうちょい落ち着きを持て」

「メルヴィ様がいてくださったらもっとドロドロな人間関係を描けたのですが……。レイチェル様には断られてしまいましたし」

「記憶が戻った貴重な機会で、そんなアホなことしてんじゃねーよ」

記憶が戻ってからリズが仲間の皆とじっくり話す機会はこれが初めてになるので、事実上、彼女らは感動の再会を果たしたと言ってもよかった。

でも、彼女らはその貴重な機会を、バカな遊びの打ち合わせに使ってしまった。

「再会、って感じはしないんですよねー。最近はよく皆様と普通に遊んでますし」

「そういうもんか。変な状況だしな」

記憶がない状態でもリズは仲間の皆と再会を果たし、いつも仲良くしている。

もう記憶がある状態とない状態の差なんて、些細《ささい》なものだった。

「……だけど俺にとっては、今日はいつもと同じ日じゃねえ」

「はい？」

「そろそろ先に進ませろよ」

「きゃっ！」

そして突然、カインがリズを押し倒した。

彼女の軽い体が柔らかいベッドに沈み込む。

「カイン様……」

「こっちは結構我慢してんだよ」

カインがリズの体に覆い被《かぶ》さる。リズの顔の横に手を突き、肘を伸ばし、体を起こして彼女を上から見下ろす。

まだ体を密着させてはいない。膝と腕で体を支えた状態のまま、まだ数十センチの距離が二人の間にはあった。

リズの体にカインの影が差す。

「………」

リズがにこりと嫋《たお》やかな笑みをこぼす。

彼女に動揺はない。二人は恋人同士だ。このやり取りには慣れている。

彼女の頬が薄い赤色に染まる。

言葉のない同意を交わす。

「………」

逆にカインは少しだけ緊張していた。

リズと夜を共にするのは久しぶりだった。

彼女が大怪我《おおけが》を負ってから一年以上、彼はリズの体に触れるのを我慢していた。それは学園に編入して、彼女に再会してからも同じだった。

今は彼女の記憶が戻っている。

恋人を、恋人として抱きしめてよい時間だった。

暫《しばら》くぶりに彼女をベッドに押し倒し、カインは小さく息を呑《の》む。

彼女のきめ細かな肌が薄く紅色に染まり、純白のシーツにそれが映える。相変わらず美しい恋人の姿にカインは見惚《みと》れる。

夜の寝室、ランプの暖色の光が二人を淡く照らしていた。

「あ、そうでした」

「ん？」

リズが思い出したかのようにはっとする。

「ダ、ダメですっ！　先輩っ！　私とあなたは身分が釣り合わないんですっ！　私たちは結ばれちゃいけない禁断の関係なんですっ……！」

「…………」

リズが楽しそうにまた騒ぎだした。

カインが困ったような顔をする。

「おい」

「ダメです！　先輩には大切な婚約者が……！」

「リズ……」

「んっ……」

カインがリズにキスをした。

体を倒し、彼女と密着する。強く唇を押し当て、恋人に息もさせない。

唇を離す頃には二人の顔は真っ赤になっていた。

「俺は悪い先輩なんだろう？」

「…………」

カインが囁《ささや》く。

「好きだと思ったら抱いちまうのさ」

そう言いながら、彼は悪い笑みを作った。

「あはは……困っちゃいました……」

リズが熱い吐息を漏らす。

「私、拒否できそうにありません……」

「………」

二人は体を重ねる。

暗くて甘い夜を、楽しむのであった。


そして夜が明け、朝が来る。

この魔族領では小鳥がちゅんちゅんと囀《さえず》らず、代わりによく分からない生き物がブオォ、ブオォと鳴いている。

相変わらず空は薄暗く、禍々《まがまが》しい魔力が満ちている。くすんだ色の雷が空から降り注ぎ、激しい雷鳴を轟《とどろ》かせている。

「うぅん……」

リズが目を覚ます。

半分眠った頭のまま上半身を起こし、寝ぼけ眼《まなこ》で周囲を見渡す。

「……あれ？」

そこは今のリズにとって見知らぬ部屋であった。

魔王城別荘の彼女の個室。

また記憶が消えてしまった彼女にとって、ここがどこなのか、なぜ自分はここにいるのか、それらが分からなかった。

「えぇっと……？」

きょろきょろと周りを見回すけれど、ここには自分一人しかいない。

この状況を説明してくれる人もなく、リズは困りながら呆然《ぼうぜん》とするしかなかった。

――カインとの逢瀬の後、リズは自室に一人戻された。

寝入ったリズを抱え、カインはリズを彼女の自室へと運んだ。

朝になったら記憶が消えているだろうから、カインの部屋にそのまま寝かせておくことはできなかった。

リズは「記憶が消えた後、カイン様の隣で寝ている自分に気付いて、わけも分からず動揺したい」と、ちょっと上級者向けのお遊びを提案したが、カインに却下された。

疲れて眠った彼女の体を拭き、服装を整え、カインはリズを彼女の自室のベッドへ運んだのであった。

そんな事情は露知らず、記憶を失ったリズは困惑する。

「………………」

身だしなみを整えて、恐る恐る部屋の外へと出る。

リズが最後に覚えているのは、魔王戦の途中の光景だ。

お互いの大技がぶつかり合い、強い衝撃に体を弾き飛ばされたところで記憶が途切れている。

その時意識を失ったのだろう、リズはそう考える。

戦いがその後どうなったのか、彼女には分からない。

「なんじゃ？　リーズリンデ、起きたのか？」

「ひゃあっ……!?」

見知らぬ廊下を歩いていると、後ろから声を掛けられる。

リズはびっくりして小さく跳ね上がる。

「な、なんじゃ、そんなに驚くでない……。声を掛けただけじゃろうが」

「ク、クオン様……」

声を掛けてきたのはクオンであった。

記憶を失った彼女にとって、ここは敵地かどうかすら分からない。そんな中、後ろから声を掛けられて彼女は死ぬほど驚いてしまった。

心臓をバクバクさせながら振り返る。

「ク、クオン様……？」

「む？　どうかしたかの？」

「あ、あの……ど、どうしてメイド服なのですか？」

いろいろ疑問に思うことはあれど、リズはまずそこが気になった。

「ムキーーーッ！　わらわも好きで着とるわけじゃないわい！　お主、わらわをおちょくっとるじゃろっ……！」

「い、いえ、別にそんな……」

なんで敵の親玉がメイド服を着ているのか、リズには本当に分からない。

「お主の仲間らは今、一階の食堂に向かっちょる！　お主もさっさと行くのじゃ！」

「あ、はい」

自称魔王に食堂へと向かうよう促される。

取りあえず、今は敵対しているわけじゃなさそう？

少し首を傾《かし》げながら、リズは下の階へと向かうのであった。


魔王城の食堂。

「あ、カイン様。おはようございます」

「ん？　おう、リズ。おはよう」

朝食をとっているカインを見つけ、リズが声を掛ける。

彼の向かいの席に座った。

「どうだ？　昨夜はよく眠れたか？」

「あ、はい……そうですね……。でも、えぇっと……」

「なんだ？」

歯切れの悪いリズに、カインが怪訝《けげん》そうな顔になる。

「気が付いたら私、部屋で寝てたんですよね。あの後どうなったのですか？」

「あぁ……」

記憶が抜け落ちている状態を理解し、カインが一旦フォークを置く。

「少し長くなるが、説明するとだな……」

カインが昨日の出来事を話す。

あの後なんだかんだあったがクオンとの戦いに勝利したこと、クオンたちから魔族領で起こった革命の話を聞いたこと、この魔王家と同盟を組むこと、そして自分がこの城の城主になったことなどなど。

「はぇ〜……、私が気を失っている間にいろいろなことがあったんですね……」

リズの目が丸くなる。

「気は失ってなかったぞ？　力が覚醒した状態になってた」

「えっ？　そうなんですか？　あの、噂《うわさ》に聞く私の覚醒状態ですか……？」

「そうだな、それだ」

「へ、へぇー……」

自分のことなのに、噂《うわさ》に聞く、とは妙な言い回しだが、その間の記憶がないのだからそうとしか言えなかった。

リズの額に一筋の汗が流れる。

「あの……覚醒状態の時の私って強いんですよね？　ちゃんとカイン様たちのお役に立てましたか？」

「………………」

「え？　な、なんで無言なんですか……？　こ、怖いじゃないですか……？」

リズの質問に対して、カインは俯《うつむ》き、口を噤《つぐ》んでしまった。

その反応に、リズが戦々恐々とする。

「あの……私、お役に立てなかったとか……？」

「いや、違う。役には立った。本当にな。お前の行動が戦いの決め手となったと言っても過言じゃねぇ」

「じゃ、じゃあ……」

「でも、お前がどんなことをしたのかは説明したくねぇ」

「なっ、なんなんですかっ!?　それ!?　余計に怖いじゃないですか……!?」

自分は何をやってしまったのだろう？

変に口ごもるカインを見て、リズは記憶のない時の自分に恐れ戦《おのの》いた。

カインも「おめーがクオンとエッチなことして、力吸い取ってたぞ」なんて言いたくなかった。

知らぬが花だった。

「あれ……？」

「ん？」

そんなことを話している時、リズが何かに気が付いた。

「カイン様……なんか機嫌が良かったりします？」

「はぁ？」

リズも、自分がどうしてそう思ったのかよく分からないというような、はっきりとしない感覚を持ちながら、言葉を続ける。

「いや、なんていうか……カイン様、なんかすっきりしたような表情をしている気がして……」

「…………」

彼女の言葉を聞いて、カインが口をあんぐり開ける。

すっきりしている。

それはそうだ。カインはその言葉に死ぬほど心当たりがあった。

原因は言うまでもなく目の前のリズである。

「なんでしょう？　疲れているような？　でもすっきりとなさっているような？　そんな感じ？　何かありましたか？」

「……分かるもんなのか？」

「ええっと……？」

何だかよく分かりませんというように、リズが小首を傾《かし》げる。

カインがすっきりしている原因の、その最大の当事者が何も分かってないかのように惚《とぼ》けた顔をしていた。

「……そりゃ、昨夜あんだけ盛り上がったらな」

「え？　なんです？」

「あーっ！　うるせぇ、うるせぇっ！　何でもねぇから気にすんな！　アホ！」

カインは恥ずかしそうにしながらそっぽを向く。

頬を赤くし、少し膨れっ面になりながら、乱暴にこの会話を打ち切ろうとした。

「え、ええ？　なんですか？　ここで話をやめられたら、余計に気になってしまうじゃないですか？」

「うるせぇうるせぇ、黙って朝食を食え！　話すことなんか何もねぇっ！」

「え、えぇーっ？　私、何か変なこと言いました……？」

「変なことしか言ってないわ、このバカスケ！」

「え、えぇー……？」

机を挟んでわちゃわちゃと言い合う。

そんななんでもない小競り合いを楽しんでいる。

リズは何もかも忘れている。自分が憧れの英雄と熱い一夜を共にしたなんて、そんなこと夢にも思わない。

カインも何も言わない。

何も語らず、二人の関係は何も変わらない。

何事もなかったかのように、何もかも忘れて、元の学園生としての関係のまま、リズとカインの二人は魔王城での朝食を楽しむのであった。

「おや、カイン殿、それにリズ……」

「ん？」

そんな時、二人は声を掛けられた。

「おはよう、カイン、リズ」

「おう、おはよう、二人とも」

シルファとレイチェルの二人であった。

二人が食堂にやって来て、朝食がよそわれた皿を手に、カインたちに近づいた。

「おはようございます、シルファ様、レイチェル様」

「よく眠れたか？」

「ええ、魔族のベッドもバカにできないものね。意外にぐっすり眠れたわ」

カインとリズは、二人が座り易いように隣の椅子を引いてやる。

「いやいや、私たちよりも二人の方が問題だろう？　カイン殿とリズはよく眠れたのか？」

「あぁ？　普通に眠れたが……？」

彼女は何を言っているのだろう？　一瞬意味が分からず、カインは怪訝《けげん》そうな顔をした。

シルファとレイチェルがにんまりと笑う。

「ゆうべはお楽しみでしたね」

「ゆうべはお楽しみでしたね」

「……っ!?」

カインの表情がぴしりと固まった。

二人の顔にはニヤニヤと意地の悪い笑みが張り付いていた。

「ゆうべはお楽しみでしたね」

「ゆうべはお久しぶりにお二人でお楽しみでしたね」

「お、おい、バカ、やめろ……からかってくるんじゃない……！」

不意を突かれたカインはたじたじとしながら、二人に苦情を言う。

しかしシルファたちはやめない。

何度も同じからかいの言葉を繰り返している。

「……？」

リズだけは何を言われているのかよく分からず、ただ首を傾《かし》げていた。

「ゆうべはお楽しみでしたね」

「ゆうべはお楽しみでしたね」

「昨日までここは敵陣の真っただ中だったっていうのに、ゆうべはお楽しみでしたね」

「おい、やめろやめろ！　なんだこれ、なんの嫌がらせだっ……!?」

カインは慌てふためく。

大声を出すものだから周囲の注目まで集まってしまう。

「カイン、どうしたの？」

「騒がしいな……」

「おぉ！　ミッターにヴォルフ！　いい所に来た！　このバカどもをちょっと叱ってやってくれ！」

「ゆうべはお楽しみでしたね」

「お前らもかっ！　畜生っ！」

ちょうど現れたミッターとヴォルフも、即座に状況を理解してカインをからかう側に回った。

「ゆうべはお楽しみでしたね」

「すっきりした顔をなさっております。ゆうべは激しくお楽しみでしたね」

「やめろって言ってるだろ⁉　なんだお前ら、好奇心溢《あふ》れる中学生かっ⁉」

からかいの集中砲火を浴び、さすがのカインも動揺を隠しきれない。

世界最強の戦士たちの、年相応の冷やかしが飛び交っていた。

「カイン様、皆様どうなさったのですか？」

「俺に聞くなっ！」

この場で一人、純真無垢《むく》なリズだけが上手く状況を理解できていなかった。昨日の記憶がないから余計に現状が把握できない。

「ゆうべはお楽しみでしたね」

「ゆうべはお楽しみでしたね」

「ゆうべはむふふなお楽しみでしたね」

「あー、もうっ！　ふざけやがってえええええぇぇぇぇっ……！」

空には禍々《まがまが》しい瘴気《しょうき》が立ち込めている。

外には草一本生えない煤《すす》けた荒野が広がっている。

そんな厳しい土地、魔族領。

人族の宿敵、魔族。

その王が住む重要な拠点の真っただ中で、カインのやるせない叫び声がどこまでもどこまでも遠く、虚《むな》しく、空へと響き渡っていくのであった。


〈『私はサキュバスじゃありません4』へつづく〉

この作品に対するご感想、ご意見をお寄せください。

●あて先●

〒101-0052 東京都千代田区神田小川町3－3
主婦の友インフォス　ヒーロー文庫編集部

「小東のら先生」係
「和錆先生」係

ヒーロー文庫

ヒーロー文庫

私《わたし》はサキュバスじゃありません 3

小東《こひがし》のら

2020年4月10日　第1刷発行

発行者　前田起也

発行所　株式会社　主婦の友インフォス
〒101-0052 東京都千代田区神田小川町 3-3
電話／03-6273-7850（編集）

発売元　株式会社　主婦の友社
〒112-8675 東京都文京区関口 1-44-10
電話／03-5280-7551（販売）

印刷所　大日本印刷株式会社

ISBN 978-4-07-442904-2